Le Livre de Poche Jeunesse

CRiMES

ET JEANS SLiM

Luc Blanvillain

CRIMES
ET JEANS SLIM

Monsieur et madame Manchec avaient eu la mauvaise idée d'appeler leur fille Adélaïde et leur fils Rodrigue. On ne pouvait pas faire tellement pire, à la fin du vingtième siècle. La vie des deux malheureux promettait d'être rude. Pourtant, les parents n'avaient pas voulu se montrer malveillants, ils étaient juste irrémédiablement romantiques.

Monsieur Manchec était conservateur dans un musée, spécialiste des paysages du XVIIIe siècle, et son épouse enseignait le violoncelle. Ils vivaient dans un monde doux, beau, raffiné, qui sentait bon la cire d'abeille et le thé.

Adélaïde venait d'atteindre sa quinzième année. Trois ans plus tôt, toutes ses copines étaient devenues des monstres. C'était normal. Vers douze ans, les filles deviennent des monstres.

Elles rient avec des yeux terrifiants.

Elles essaient d'être exactement comme les autres filles, comme les magazines pour filles de leur âge, comme les émissions pour filles de leur âge, comme les chanteuses de leur âge, elles veulent être exactement de leur âge. Des monstres.

Les garçons, me direz-vous, c'est un peu pareil.

Oui, mais dans cette histoire, ce sont des filles qui vont mourir.

Principalement.

Ses copines la surnommaient Adé. Au fond, ça ne lui déplaisait pas. C'était court et cool. Et surtout, ça lui avait donné l'idée la plus géniale de sa vie. Géniale et un peu compliquée, mais géniale. Parce que, grâce à cette idée, et à sa grand-mère, Adé s'était maintenue, depuis trois ans maintenant, hors de portée des monstres. Elle avait eu de la chance : une fille comme elle, première en tout, qui écrivait sans fautes, qui ne s'ennuyait jamais en cours d'histoire, qui parlait normalement, courait des risques sérieux. Une autre fille dans son genre, Noémie, avait dû quitter le lycée au bout de quelques mois, quand elle n'avait plus supporté qu'on crache dans son quinoa à la cantine, qu'on lui arrache des touffes de cheveux ou des pages de cahier.

Adé avait senti le vent tourner. Déjà, heureusement, elle ne portait pas de lunettes. Ensuite, elle avait, dès le deuxième trimestre, en cinquième, réduit sa moyenne générale de trois points, ce qui lui permit de quitter en catimini le peloton de tête et de se réfugier dans la foule protectrice des moyens.

Elle mâcha du chewing-gum en cours, obtenant quelques punitions qu'elle accueillit avec des haussements d'épaules raisonnablement insolents. Elle modifia son vocabulaire. Elle dit : ma *life*, mon style (en prononçant à l'anglaise), finit toutes ses phrases par « voilà, quoi », remplaça tous les adverbes par « trop » et se tint scrupuleusement informée des tendances. Elle chatta sur internet, s'inscrivit sur Myspace, créa son profil et l'illustra de photos d'elle trop marrantes.

Mais le plus délicat, ce furent les vêtements.

C'est là qu'elle eut besoin de la complicité de sa grand-mère, et, dans une moindre mesure, de celle de son petit frère Rodrigue (que ses copains surnommaient Rod).

Sa grand-mère, la mère de son père, habitait juste à côté de chez eux, dans une petite maison qu'elle avait achetée après la mort de son mari.

Nous reparlerons de la mort épouvantable de son mari, le grand-père. Épouvantable et ridicule, donc encore plus épouvantable. Il en sera question quand nous évoquerons le cas de Rod.

Monsieur et Madame Manchec avaient souhaité que la grand-mère vienne vivre près de chez eux, afin qu'ils puissent veiller sur elle. Ce choix s'avéra d'autant plus judicieux qu'on avait diagnostiqué, chez la pauvre vieille dame, les signes avant-coureurs de la terrible maladie d'Alzheimer.

Au début, ses symptômes n'étaient pas encore trop spectaculaires. Elle rangeait juste, quelquefois, ses lunettes dans le frigidaire. « Ma grand-mère commence à yoyoter de la toutfe », avait succinctement révélé Adé à Emma, sa meilleure copine. Mais, en trois ans, l'état de Grand-mère s'était considérablement dégradé.

Adé lui avait expliqué ce qui se passait avec les monstres, au lycée. (Elle n'avait pas osé en parler à ses parents, qui auraient sans doute pris des décisions catastrophiques, comme écrire au professeur principal, à la directrice, ou feuilleter avec elle un vieux livre sur « les transformations du corps à l'adolescence », sinistre livre qui trônait en haut de la bibliothèque, et que Rod et Adé avaient déjà lu trois fois en pleurant de rire.)

Sa grand-mère, au contraire, s'était montrée très pragmatique. Elle lui avait immédiatement offert une panoplie complète de fille de son âge : petits hauts, petit sac, jean *slim*, ballerines vernies, sautoirs. Au fil des fêtes et des anniversaires, elle avait complété l'équipement : iPod, portable tactile, appareil photo numérique ultra *girly*, et puis, encore, des vêtements, des chaussures, des bottes, d'autres chaussures, d'autres sautoirs.

Au début, Adé avait protesté :

— Mais, mamie, je vais avoir l'air d'une pétasse !

La grand-mère avait tiqué. Elle détestait certains mots. Vérifiant dans un dictionnaire étymologique, elle avait appris à Adé que « pétasse » signifiait prostituée débutante, et que son intention n'était certes pas de déshonorer sa petite fille.

— Écoute, Adélaïde, c'est juste pour avoir la paix. Quand tu seras plus grande, tu pourras t'habiller comme tu veux. Mais en attendant, si tu veux éviter les ennuis, tu dois devenir la reine des Comme-tu-dis.

11

Adé s'était sentie très triste, à l'idée de se montrer devant ses parents dans une tenue pareille. Sa mère, tous les soirs, buvait un chocolat avec elle, en écoutant des CD de Rostropovitch. Ça la tuerait !

— Dans ce cas, tu n'as qu'à t'habiller normalement, le matin, chez toi. Ensuite, avant d'aller au lycée, tu passes ici, tu enfiles ta tenue de combat, et tu reviens le soir pour l'enlever. Comme ça je te verrai deux fois par jour.

Adé avait réfléchi. L'idée n'était pas mauvaise. C'était même très jouable. Son lycée était assez éloigné de la maison. Elle devait prendre l'autobus pour s'y rendre et rencontrait rarement des filles de sa classe dans son quartier. Elle pouvait mener une double vie. De toute façon, il y avait urgence. Emma et Marjorie lui avaient déjà fait quelques remarques précises sur le caractère désespérément ringard de ses pantalons. Encore un mois ou deux, et elle connaîtrait le sort de Noémie.

C'est ainsi qu'Adé avait commencé à vivre son imposture. À la manière d'un super-héros. Le jour, elle était Adé la pétasse, Adé la pouffe, Adé la meuf aux lèvres rouges et carnassières, montrant par tranches un peu de ses fesses et de ses seins naissants, de ses hanches, morte de rire.

Le soir, elle racontait ses cours de français à son père et câlinait sa mère, se disputait tranquillement avec Rod, lisait des gros livres pleins de phrases, tout en gardant un œil sur MSN où Emma lui enjoignait de répondre tout de suite.

Pendant ce temps, Rod reprenait son interminable travail de documentation sur les éléphants.

Voici pourquoi. Dix ans plus tôt, leur grand-père avait été bêtement tué, oui, par un éléphant, justement.

C'est une mort qu'on ne conseille à personne. Plutôt rare, sans doute, mais violente et imprévisible.

Grand-père avait décidé, pour fêter sa retraite, d'emmener Grand-mère dans un grand parc naturel, un zoo que l'on visite en voiture, et consacré aux animaux d'Afrique. Depuis bientôt quarante ans qu'il travaillait enfermé dans un bureau minuscule au quatorzième étage d'un immense immeuble, Grand-père n'avait cessé de rêver d'animaux sauvages et de savane et de territoires inconnus. Il se passionnait pour les grands espaces vierges, mais n'avait jamais fait le voyage pour l'Afrique, ni pour ailleurs, d'ailleurs, car Grand-mère avait le mal de mer, la phobie de l'avion, la terreur des accidents et les bêtes la dégoûtaient un peu.

Aussi bien, pour lui faire plaisir, et parce que c'était un grand jour, Grand-mère avait-elle consenti à l'accompagner au parc de Beauval, dans l'Oise, à condition que l'on ne reste pas trop longtemps et que surtout, surtout, il renonce à son projet ridicule de sortir de la voiture pour prendre des photos.

C'était une belle journée de printemps, le parc palpitait sous la verdure en liesse, on entendait toute sorte de cris inconnus dans les frondaisons : ça grisollait, zinzinulait, turlutait à cœur joie. Grand-père était aux anges, excité comme un môme. Et le début de la visite s'était déroulé sans encombre. Ils avaient vu des lions dans leur enclos, où bâillait un faux baobab, des singes acrobates, des nandous pensifs.

Et ce jusqu'aux éléphants.

Il subsiste beaucoup de mystère autour des éléphants.

On ne sait pas grand-chose d'eux, au fond, pas grand-chose de leur prétendue intelligence, du cimetière où, à ce qu'on dit, ils se rendent quand approchent leurs derniers instants.

Ils ne ressemblent pas à beaucoup d'autres bêtes, et davantage à certains humains.

On peut leur trouver l'air doux ou obscurément méchant (sur ce point, les opinions de Grand-père et de Grand-mère divergeaient).

Toujours est-il que Grand-père, quand ils arrivèrent aux éléphants, déjà grisé par la vue des antilopes et des crocodiles, trompeusement rassuré par la placidité des habitants du zoo, par la douceur de l'air, par la chaleur humide qui baignait les bassins et faisait trembler les taillis, s'était soudain senti une âme d'homme des bois. Il avait voulu sortir de l'habitacle surchauffé. Il avait dit à Grand-mère que les éléphants n'étaient pas dangereux, n'étaient pas rapides, de toute façon, qu'il aurait toujours le temps de revenir à la voiture si l'un d'eux s'approchait trop, et qu'en Afrique, les petits enfants se promenaient sans crainte entre les pattes des pachydermes, ce qui reste à vérifier.

Enfin bref, il était sorti, armé du gros appareil photo à téléobjectif que lui avaient offert, pour son départ, ses collègues de bureau.

Il avait regardé à droite et à gauche, comme un gamin, dans la crainte de voir surgir un gardien, dont l'uniforme l'effrayait a priori davantage que le pelage des fauves. Il avait pris des photos, pendant que Grand-mère, au bord de l'asphyxie, essayait de glisser son nez dans les quelques centimètres d'air pur parcimonieusement concédés par la vitre baissée.

Et puis, allez savoir pourquoi, Grand-père avait tout à coup enjambé le muret qui circonscrivait l'espace éléphants, pour s'approcher à petits pas, un peu ridicules, d'un grand mâle qui broutait non loin.

Ensuite, Grand-mère ne donnait plus beaucoup de détails.

On savait seulement que l'animal avait brutalement perdu son calme, pour se ruer sur le vieil homme.

Brutalement, c'était peu dire. Il était entré d'un coup en fureur. Les spécialistes reconnaissent que les fureurs de l'éléphant sont phénoménales et difficiles à expliquer. Peut-être tous les animaux sont-ils pareillement acariâtres, mais c'est moins spectaculaire, et surtout moins meurtrier chez le lombric, par exemple. Et Grand-père avait été, littéralement, cassé en morceaux, puis piétiné.

Son appareil photo aussi, mais l'assurance avait consenti à le remplacer. Ce qui, comme on eut bien du mal à le faire comprendre aux enfants, fut impossible pour Grand-père.

Au moment du drame, Rod avait trois ans et Adé cinq. Ils furent surtout terrifiés par les pleurs de leurs parents. Puis, dès qu'il sut lire, ce qui advint l'année suivante, car il était particulièrement précoce, Rod commença sa grande enquête sur les éléphants. Il voulait comprendre ce qui s'était passé.

Il compila des récits d'explorateurs, des articles scientifiques, des contes africains et indiens, il se renseigna sur la disparition des mammouths et, dès qu'il put, téléchargea des barrissements qu'il se passait en boucle.

Il apprit l'existence d'une glande bizarre, quelque part entre les yeux de l'éléphant, qui se gonflait quand ce dernier se mettait en colère. Il chercha des exemples de combats entre éléphants et lions, entre éléphants et tigres.

Il trouva d'autres exemples de pachydermes « devenus fous » (qu'est-ce que ça voulait dire ?) et qui avaient piétiné des foules avant d'être appréhendés, abattus, empaillés parfois. Mais le pire fut qu'il se mit à aimer les éléphants.

Il ne développa aucun esprit de vengeance, ne voua pas l'espèce aux gémonies, admira même leur anatomie plus délicate qu'il n'y paraît, leur supposa un langage, des rituels, une religion peut-être. Il alla voir tous les mercredis l'éléphant du parc zoologique, dès qu'il sut prendre seul l'autobus. Adé, parfois, l'accompagnait.

C'était un petit parc municipal, entièrement gratuit et très mal entretenu. Fermé le jeudi. L'éléphant du zoo était un mâle. Il était d'Asie, à cause de ses oreilles. Voilà tout ce qu'on en savait. Il était très seul, aussi, occupant un petit périmètre où subsistaient deux boqueteaux se mirant dans une mare de boue, et un gros marronnier. On n'avait pas même fait l'effort de lui mettre, je ne sais pas, des palmiers, des plantes de chez lui, comme on fait pour les poissons. Il était là, grand et gris, maharadjah incognito, en tenue de ville, une erreur qui dure. À sa place, on aurait pleuré d'énervement. Lui non, il essayait, au contraire, de comprendre les mœurs locales, faisait de gros efforts d'intégration, tendant une trompe hésitante aux vauriens qui, enfreignant l'interdiction, le gavaient de croûtes et de cacahuètes.

Ses grosses pattes étaient sans orteils. Le panonceau métallique fixé à ses barreaux n'apportait aucune information. Délavé par les pluies, négligé par les hommes, il laissait voir un fragment de L, peut-être un W, et quelque chose comme le plateau du Dekkan, très stylisé.

Comment un être aussi pensif et doux avait-il pu sortir de ses gonds au point de piétiner un malheureux vieillard ? Un jour, Rod en était sûr, le monde connaîtrait la réponse à cette question.

Pour ne pas s'ennuyer lors des repas auxquels leurs parents conviaient souvent des amis très intelligents, Rod et Adé avaient inventé un langage par signes. C'était un peu comme celui des sourds-muets, en beaucoup plus simple et surtout plus discret. Il consistait en minuscules mouvements de mains et de doigts qui combinaient la position des mains sur la nappe, le nombre de doigts dépliés, la façon dont ils s'écartaient ou se chevauchaient. Certaines positions signifiaient des phrases entières telles que : « Dans cinq minutes, je demande à sortir de table » (et les doigts décomptaient alors les minutes) ou « Je hais cette bonne femme », « Est-ce que tu peux finir ma viande ? » (Rod n'avait jamais faim et Adé toujours.) Le pouce replié grattant la deuxième phalange de l'index voulait dire « éléphant », et Rod avait tendance à abuser de ce signe ou à le faire sans y penser, ce qui agaçait Adé.

Adé avait aussi institué la *dispute obligatoire*. C'était le vendredi soir, quand les tensions de la semaine s'étaient accumulées. Ils se donnaient une demi-heure pour se disputer à mort. Les premières minutes étaient parfois difficiles, parce qu'ils n'étaient pas nécessairement de mauvaise humeur, et n'avaient pas toujours grand-chose à se reprocher (c'était rare). Mais avec un peu d'échauffement, ils en venaient très vite aux insultes les plus blessantes et aux coups (ils avaient droit chacun à trois coups, et pouvaient s'arracher une petite mèche de cheveux). Le reste de la semaine, ils vivaient en assez bons termes, échangeant juste, dans les moments difficiles, un « Tu vas voir, vendredi soir », qui laissait leurs parents dubitatifs.

Pour Adé, la vie au lycée était un peu étrange, mais pas dépourvue d'intérêt et, pour tout dire, souvent plutôt excitante.

Son déguisement la protégeait, mais elle ne pouvait pas savoir si ses amies l'appréciaient pour elle-même ou parce qu'elle leur ressemblait. Plus grave, elle se demandait si ses meilleures copines n'étaient pas, elles aussi, simplement costumées en pétasses, et ne faisaient pas semblant de l'aimer, parce qu'elles voyaient en elle la plus populaire des pouffes.

C'était peut-être une espèce de grand bal masqué auquel tout le monde était obligatoirement invité.

Mme Crémieux, la Conseillère Principale d'Éducation, attrapa en tâtonnant ses lunettes et les assit sur son gros nez mauve. Elle vit mieux. Elle vit deux jeunes filles contrariées, assises sur des chaises, en face de son bureau. Elle vérifia discrètement leurs noms sur ses fiches : Constance Lemuet et Mélanie Barbier, 2nde 4.

— Je vous écoute, les filles.

Elle avait l'habitude de commencer comme ça ses entretiens. « Je vous écoute, les filles. » C'était ferme et bienveillant. Elle montrait qu'elle était à l'écoute, mais qu'on n'était pas là pour rigoler. Elle aimait bien donner cette image-là d'elle. Elle s'aimait bien. À part son nez, mais c'était trop cher de s'en faire refaire un, avec son salaire, et puis ça aurait peut-être desservi son autorité, si les élèves disaient : la mère Crémieux elle a plus son gros pif. Elle les entendait d'avance dire des choses pareilles et elle les détestait un peu pour ça. Et comme elle ne pouvait pas s'empêcher de penser à son nez chaque fois que des élèves venaient s'asseoir dans son bureau, pour régler un problème, elle n'écoutait pas très attentivement ce qu'ils disaient. Au début, du moins. C'était pour ça qu'elle disait qu'elle écoutait. Parce qu'elle n'écoutait pas. Elle affirmait aussi, très souvent : « Je comprends. » Ce n'était pas vrai non plus.

Qu'est-ce qu'elles disaient, d'ailleurs, ces deux petites gourdes ? Il y en avait une moche (Constance Machintruc) et une jolie (Mélanie Bidule). La jolie persécutait la moche. Classique. C'était toujours comme ça. Elle lui arrachait les pages de ses cahiers, ou lui piquait ses livres pour y gribouiller des horreurs, se moquait de sa laideur, de ses boutons, de ses bourrelets, de ses dents. Classique. Et alors ? Est-ce qu'on ne s'était pas moqué d'elle, Mme Crémieux, autrefois, à cause de son gros nez mauve ? Est-ce qu'elle n'avait pas été en butte aux pires méchancetés, quand cet horrible pif avait poussé d'un coup, alors qu'elle était en cinquième ? Est-ce qu'elle était allée se plaindre au bureau de la CPE, elle ? D'ailleurs, à l'époque, ça n'existait même pas, les CPE. On disait « surveillant général » et ça revenait au même sauf que si on allait pleurnicher dans son bureau on avait de grandes chances de se retrouver consigné tout un jeudi ou d'écoper d'une claque. Et ce n'était pas si mal que ça, au fond.

Elle s'aperçut tout à coup que les deux filles ne disaient rien, depuis au moins cinq minutes. Depuis qu'elle avait dit qu'elle les écoutait.

— Bon. Je vois qu'on n'avance pas beaucoup. Mélanie, sais-tu pourquoi tu es là ?

— Oui, madame, répondit Mélanie.

Ah ! C'était bon, ça. Elle plaidait coupable. On allait gagner du temps.

— Qu'est-ce qui t'a pris, Mélanie, de faire toutes ces misères à Constance ? Tu peux m'expliquer ?

Les yeux de Mélanie, en une seconde, se gorgèrent de grosses larmes qui débordèrent sur ses joues rondes après s'être un instant suspendues comme des boules de Noël à ses longs cils. Mme Crémieux lui tendit un mouchoir en papier recyclable.

— Je sais que ce n'est pas facile d'être mise en accusation, comme ça. Mais tu as fait du mal à Constance, et ça, nous, on ne peut pas l'accepter. Tu comprends ? Est-ce que tu comprends que tu lui as fait du mal ?

Mélanie, qui comprimait de gros pleurs, fit oui de la tête.

Constance ne disait rien. Elle regardait Mélanie d'un air un peu éberlué. Elle n'avait pas l'air bien futé, celle-là. Il y en a qui attirent les ennuis. Il faut se méfier des comportements « victimaires ». Mme Crémieux avait eu un stage là-dessus, qui expliquait que certains élèves, à force d'être moches, bêtes et mous, finissent par agacer les autres. Et c'était vrai qu'elle était un peu agaçante, avec sa bouche légèrement entrouverte et son acné mal soigné. Il y avait des produits, quand même !

— Tu vois, Constance, nous avons fait un pas. Mélanie reconnaît qu'elle t'a fait du mal.

Constance ne répondit rien.

— Dis-moi, Mélanie, est-ce que tu peux essayer de comprendre ce qui t'a poussée à t'en prendre à Constance ? Elle ne t'a rien fait.

Mélanie essaya de hoqueter un mot, se moucha, se tut un peu, puis articula :

— Ma gr…

— Oui ? Essaie de nous parler. Je t'écoute.

— Ma grand-mère.

— Ta grand-mère ?

— Ma grand-mère est décédée.

Et elle plongea dans son mouchoir sale. Ses épaules remuaient.

Long silence.

Mme Crémieux savait qu'il fallait respecter le travail du deuil. Elle avait fait un stage sur le travail du deuil. C'était complexe, toujours, la mort.

— Tu es bouleversée, finit-elle par dire.

Mme Crémieux, laissant Mélanie poursuivre tranquillement son travail de deuil, se tourna vers Constance.

— Tu vois, Constance, parfois, nous sommes submergées par nos émotions. C'est ce qui est arrivé à Mélanie. Quand sa grand-mère est décédée...

Mélanie bêla quelque chose et demanda un autre mouchoir que Mme Crémieux lui tendit.

— Quand sa grand-mère est décédée, Mélanie a perdu les pédales. Elle a trouvé que le monde était terriblement injuste. Et elle a voulu exprimer sa colère. Malheureusement, on ne peut pas se battre contre la mort. Alors qu'est-ce qu'elle a fait ? Elle s'en est prise à la première venue, et c'est tombé sur toi. Mais ce n'est pas à toi, qu'elle en veut, tu comprends ? Derrière toi, il y a l'injustice de la mort, et la douleur du deuil.

Constance cligna des yeux et hocha la tête. Elle avait vraiment l'air complètement débile. Mme Crémieux crut se rappeler que le père était alcoolique ou chômeur.

— Nous n'allons pas aller plus loin aujourd'hui, les filles, conclut-elle. Je crois que nous avons bien compris ce qui s'était joué dans cette crise. Vous êtes grandes et raisonnables, et je suis sûre que vous trouverez vous-mêmes le moyen de redevenir amies.

Elle se leva, les raccompagna à la porte, en posant légèrement une main sur l'épaule de Mélanie.

— Courage, ma grande. Laisse faire le temps.

Elle leur ouvrit la porte :

— Mais attention ! Je ne veux plus entendre parler de ces mauvaises petites blagues. On enterre la hache de guerre.

La porte se referma. Les deux filles s'éloignèrent dans le couloir.

— Je suis désolée pour ta grand-mère, risqua Constance.

Elles arrivaient dans la cour. Mélanie renifla, cracha sur le sol une grosse boule de glaire et répondit, d'une voix haineuse et nette :

— Écoute-moi bien, ma grand-mère, je la tue à chaque fois que je suis convoquée chez cette connasse de Crémieux. Elle s'en souvient jamais. C'est la troisième fois que je la nique. Maintenant, je vais te dire : tu m'as balancée, tu vas pleurer. Ce qu'on t'a fait jusqu'à maintenant, c'était de la pisse de chat à côté de ce qui va te tomber dessus.

Elle s'empara lentement des lunettes de Constance, vérifia que personne ne regardait, les posa sur le sol et les écrasa d'un coup de talon.

— Pour t'aider à supporter ce que tu vois dans ta glace, le matin.

Ce jour-là, un jour pluvieux de novembre, Adé faisait mine de s'ennuyer à mourir au cours de français de M. Arnoux.

M. Arnoux n'était pas un homme, c'était un livre. C'était tous les livres. Ses phrases étaient d'une correction virtuose, presque acrobatique. Adé retenait son souffle quand M. Arnoux s'élançait dans des digressions littéraires vertigineuses, enchaînant les figures et les propositions pour impeccablement retomber sur son point. Il ne bafouillait pas, n'hésitait jamais, faisait concorder les temps, recourant, s'il le fallait, à l'imparfait du subjonctif ou au futur antérieur.

À part Adé, personne ne l'écoutait. Mélanie tapotait son téléphone, sous sa table, Pauline Dumas faisait rouler son crayon jusqu'au bord de la sienne, millimètre par millimètre, jusqu'à le précipiter discrètement dans le vide, à un moment choisi, quand M. Arnoux abordait une idée difficile ou parvenait presque à capter l'attention d'un ou deux fayots. Personne n'osait perturber franchement le cours de

M. Arnoux, parce qu'il n'hésitait pas à flanquer des punitions monstrueuses, recopier des pages entières de vieux romans pourris de dans le temps, ou d'à l'époque. Mais on s'arrangeait pour le lui saboter, par petites touches de téléphone, par minuscules claquements de bulles de chewing-gum aussitôt ravalés, par frottements, grincements, éternuements, toux, questions stupides posées avec une candeur plus ou moins crédible, malaises nécessitant d'être accompagné à l'infirmerie.

Adé buvait secrètement ses paroles, et le soir, lisait les livres qu'il leur recommandait. Si l'une de ses copines la surprenait en train d'être attentive, elle haussait les épaules et levait les yeux au ciel, gestes par lesquels on manifeste que l'on se trouve en présence d'un gros blaireau.

Ce jour-là, donc, Adé se laissait bercer par le claquement doux des gouttes contre les vitres. Le jour n'était pas encore levé, d'énormes feuilles traversaient l'espace noir, et la voix douce de M. Arnoux parlait d'un homme qui s'appelait Lorenzo, et qui, dans le but d'assassiner un tyran pervers, faisait semblant d'être son plus fidèle et dévoué serviteur.

Elle vit passer, dans la cour, le prof de sport, qui était un véritable amour, toutes les filles en étaient folles, il semblait sorti tout droit d'une série, c'était dingue, dingue, dingue : jeune et mince, drôle, toujours d'excellente humeur. Il avait éclipsé, dès son arrivée, M. Maurice, l'autre prof de sport, un vieux de presque quarante ans, grincheux et déprimé, obsédé de hand-ball.

Le jeune – il s'appelait Anthony – voulait qu'on le tutoie (Adé n'avait jamais osé), et faisait lui-même tous les exercices qu'il exigeait de ses élèves : sprints, course de fond, équilibres sur poutre, cheval d'arçon et même, et surtout, plongeons et longueurs à la piscine ! Il animait l'association sportive du mercredi et ouvrait bénévolement le gymnase municipal, tous les mardis soir. Une star, un dieu. Même Adé ne pouvait se retenir d'être folle de lui, non sans éprouver un léger sentiment de culpabilité vis-à-vis de M. Arnoux qu'elle avait le sentiment de trahir un peu.

Et puis, Anthony était très psychologue. Il restait, le soir, après les cours, pour parler aux élèves qui avaient des problèmes, pour les aider, les conseiller. On n'en revenait pas, au lycée, d'une pareille bénédiction. Le bruit courait qu'il était célibataire.

Pauline, Mélanie, Emma et Adé échouèrent, en début d'après-midi, dans un long couloir mal éclairé du second étage, qui desservait d'anciennes salles d'histoire, partiellement rénovées, où des cartes d'Europe périmées s'affaissaient en poussière. Des gouttes s'écrasaient quelque part, scandant le faux silence produit par des souffleries agonisantes. Une coulure de lumière avariée maculait le mur spongieux.

— File-moi une clope, ordonna Pauline à Emma. J'ai les nerfs.

Emma glissa deux doigts dans son décolleté, et en extirpa une cigarette.

— Tu devrais pas. Ils ont foutu des détecteurs de fumée.

— Pas ici ! Tu rigoles ? C'est trop la ruine, ici. File du feu.

Emma lui tendit un petit briquet-porte-clés, orné d'un nounours euphorique. Pauline alluma la cigarette, et avala nerveusement plusieurs bouffées. On entendit un bruit de seaux lourds remués.

31

— Y a quelqu'un ! fit Mélanie.

Adé se leva, et tendit le cou vers la porte entrouverte d'où provenaient les remuements.

Elle s'approcha et jeta un coup d'œil par l'embrasure.

— C'est Vomito, annonça-t-elle, d'un ton rassurant.

Vomito était un homme d'entretien, ainsi surnommé parce que les détergents qu'il utilisait avaient une vague odeur de vomi. Vomito était légèrement bossu et très gentil, ce qui lui avait conféré une réputation d'attardé mental. Il apparut dans le couloir, armé d'un gros balai lave-pont. La fermeture Éclair de son bleu de travail, qui descendait un peu bas sur son thorax laissait entrevoir une épaisse touffe de poils noirs et frisés.

— Qu'est-ce que vous faites là, les filles ? dit-il d'une petite voix de poule qu'il essaya en vain de rendre autoritaire.

— Ben tu vois, sourit Pauline en montrant sa cigarette. On prend du bon temps. Comme toi, gros glandeur !

Vomito posa son seau et son balai, remonta sa fermeture qui descendit aussitôt, rougit, réfléchit et rappela qu'il était interdit de fumer dans l'enceinte de l'établissement.

— Et d'être con, c'est pas interdit ? objecta Emma.

Adé, scandalisée, lui posa une main sur l'avant-bras.

— T'inquiète, chuchota Emma. Il m'adore.

Elle s'approcha de l'homme qui se dandinait dans la lumière rare du couloir.

— Je rigole, Vomito. Je sais que tu as de l'humour. Un bisou ?

Elle claqua une grosse bise insolente sur la joue de Vomito qui rougit et recula d'un pas.

— T'affole pas, je vais pas te violer. Regardez, les filles, il est tout rouge !

— Vous ne pouvez pas rester là, supplia Vomito.

Puis il ajouta, en guise d'argument, sans doute, qu'il devait nettoyer le couloir.

Emma remua l'index, comme une institutrice sévère :

— Dis-donc, Vomito, je vais le dire à la directrice, que tu reluques les filles en douce dans les couloirs. Tu crois qu'on t'a pas entendu, tout à l'heure ? Tu veux qu'on raconte que tu es tout nu sous ton bleu ? Gros pervers !

Elles éclatèrent de rire. Adé poussa quelques gloussements peu crédibles, qui se fondirent dans la cacophonie.

— C'est pas vrai ! protesta Vomito qui descendit sa fermeture et montra un maillot de corps crasseux. Vous savez très bien que je reluque personne ! Je nettoyais.

— Au secours ! cria Emma en se cachant les yeux. Il se déshabille ! Aidez-moi, les filles !

Alors, en poussant des cris aigus, Pauline, Mélanie et Emma se précipitèrent sur le malheureux homme et tirèrent de toutes leurs forces sur le bleu de travail. Elles firent glisser la fermeture, descendirent le vêtement qu'il essayait vainement de retenir, et le déshabillèrent jusqu'à mi-cuisse. Il portait un gros caleçon qui, dans la lutte, s'était partiellement baissé. Vomito se retourna pour se dégager. On aperçut, au haut de sa fesse gauche, un tatouage qui représentait un dragon.

Adé avait reculé d'un pas.

Vomito, éperdu, s'était déjà rhabillé, sanglé jusqu'au menton.

Les filles poussèrent des cris et des sifflements.

— Ouaouh !

— Quel corps de rêve !

— Y a un Chippendale qui travaille dans les chiottes du lycée !

Elles se tapèrent sur les cuisses en étouffant de rire, puis s'approchèrent de lui. Emma lui fit une bise, sur le menton. Pauline vint lui souffler un nuage de fumée dans le nez, et elles s'éloignèrent en chantonnant.

Vomito, resté seul, essuya la sueur qui lui coulait dans les plis du cou. Il regarda partir les quatre filles. Ses yeux s'étaient soudain rétrécis, et un sourire froid se dessina sur son visage ingrat.

— Rigolez bien, espèce de saloperies. Profitez-en. Ça durera pas toute la vie, croyez-moi.

Puis il plongea rageusement une serpillière malodorante dans un seau et se mit à frotter le sol. En peu de temps, le couloir fut étonnamment propre.

Adé soupira. M. Arnoux la regardait. Elle en était sûre. Elle était sûre qu'il avait deviné son secret, son déguisement, et qu'il ne parlait que pour elle. Ou peut-être aussi, quand même, pour Thibault Picard.

Thibaud Picard serait sûrement la prochaine victime de la bande des pouffes (oui, elles avaient formé une bande dont Adé avait, honteusement, pris la tête. La « Pouffe-Society », organisation occulte qui communiquait par SMS et par MSN. Chacune de ses membres avait un avatar sur Myspace et des pseudos dans plusieurs forums. Régulièrement, elles réglaient leur compte aux blaireaux. C'est ainsi qu'elles avaient réussi à exiler complètement dans le fond de la classe le petit Erwan Poitevin, un intello un peu gras, le jour où il avait refusé de les aider en maths).

Thibault Picard avait le mérite d'être plutôt pas trop moche, et le tort, la tare, de ne tenir aucun compte des membres de la Pouffe-Society. Un mépris souverain, voilà le mot. Il se passionnait pour les cours de M. Arnoux et rendait des rédactions de dix pages, sans compter les romans qu'il écrivait (une saga de Fantasy). Adé enrageait de ne pouvoir communiquer avec lui, à qui elle aurait eu tant à dire. Il la prenait pour la pire de toutes, la plus superficielle, la plus vulgaire, la plus racoleuse. Il avait raison, après tout. Elle était peut-être la pire de toutes, à sa façon.

Elle décolla ses yeux de la fenêtre, renonçant à contempler plus longtemps Anthony qui passait à petites foulées, suivi d'une ribambelle de sixièmes mal réveillés.

Curieux, tout de même, que Thibault Picard, Anthony et M. Arnoux figurent ensemble sur le podium personnel d'Adé, dans la catégorie : « Hommes les plus intéressants ».

« La question, disait M. Arnoux, est de savoir s'il faut ou non se compromettre, se salir les mains pour une bonne cause. »

C'était la question, en effet. Mais, dans la vie d'Adé, où étaient les bonnes causes ? Rod, au moins, avait un idéal. Comprendre les éléphants. C'était vaste. C'était presque aussi poétique que cette fameuse baleine blanche dont M. Arnoux parlait souvent. Les énormes bêtes, les grandes questions, les bonnes causes. Mélanie fit tomber son crayon. Plus tard, Adé se souviendrait qu'à cet instant, elle avait envisagé, puis souhaité la mort de Mélanie.

Elle avait imaginé combien ce serait reposant de ne plus sentir peser sur elle, toujours, le regard de cette fille, de ne plus entendre son crayon heurter le sol de la classe et rouler avec un bruit exaspérant jusque dans les pieds d'Emma, qui shootait hypocritement dedans pour faire durer ces minuscules minutes de désordre idiot, qui faisaient obstacle à l'intelligence, qui empêchaient de savoir par quelle ruse Lorenzo parviendrait à faire en sorte que le duc retire sa cotte de mailles pour recevoir le fatal coup de couteau.

Adé se souviendrait qu'elle avait vraiment souhaité la disparition de Mélanie.

Sans se douter que, quelques heures plus tard, Mélanie serait retrouvée morte.

Tuée d'une seule balle, précise, en plein front.

C'était incroyable (parfois, il n'y a pas d'autres mots) ! Mélanie Barbier, morte. C'était atrocement intéressant.

Les faits : une fois par semaine, Mélanie Barbier suivait un cours particulièrement pétassien. Un cours de danse hip-hop, qui lui permettait, dans les soirées d'anniversaire, d'humilier les autres invitées, dès qu'elle posait un pied sur le dance floor.

Ensuite, elle rentrait seule. Elle avait deux cents mètres à faire à pied, deux cents mètres qu'elle connaissait par cœur. Bien sûr, elle traversait, sur la fin du parcours (ce fut, hélas, particulièrement le cas de le dire), un terrain vague, une sorte de no man's land boueux où finissaient de pourrir les ruines d'une vieille bicoque. Ses parents exigeaient qu'elle contourne cette zone dangereuse, en empruntant une rue passante et éclairée. Mais Mélanie Barbier opposait aux ordres de ses parents une pouffique indifférence. Parce qu'elle n'aimait pas marcher, et parce qu'elle n'aimait pas obéir.

C'est donc au beau milieu du terrain vague qu'elle fut retrouvée, bras en croix, jambes en vrac, tête en morceaux.

Adé l'apprit, le lendemain matin, en arrivant au lycée.

C'était fabuleux : presque tout le monde pleurait, au milieu de la cour, sous une petite pluie fine et douce. M. Arnoux tripotait un grand parapluie noir fermé, Anthony se tenait debout, les mains sur les hanches et les yeux dans le vague, esquissant de temps à autre un mouvement réflexe de la cuisse. La directrice parlait avec deux policiers en uniforme qui prenaient des notes, les élèves, exceptionnellement silencieux, formaient des groupes mous sous les platanes.

On réunit tout le monde dans le gymnase, et la directrice prit la parole. Elle annonça ce que tout le monde savait déjà : « Votre camarade Mélanie Barbier a été victime d'un… (Elle hésita.)… A été retrouvée, retrouvée, malheureusement retrouvée sans vie. » Puis elle se tut et renifla très fort.

Un homme un peu grand et mal habillé, voyant qu'elle ne poursuivait pas, se racla la gorge et dit : « Je suis le commissaire Gicquiaud. Désolé d'être brutal, mais votre camarade a été assassinée. » Il répéta : « assassinée », pour laisser à tout le monde le temps de digérer un mot pareil, qui n'existait, normalement, qu'à la télé ou dans les bouquins policiers. Adé tenta de se rappeler la différence entre « meurtre » et « assassinat ». Il lui semblait que l'un des deux supposait une préméditation.

« Comme vous devez vous en douter, reprit le commissaire Gicquiaud, nous allons devoir poser quelques questions à certains d'entre vous. J'interrogerai, dès ce matin, tous les élèves de la classe de Mélanie. Je voudrais que tous ceux qui la connaissaient, ou qui seraient susceptibles de nous fournir des renseignements, se présentent spontanément. »

La directrice précisa que les... (elle hésita sur le mot. Décidément, les affaires policières obligeaient à utiliser des termes qu'au fond, on ne connaissait pas si bien), que les interrogatoires auraient lieu au foyer. Ils seraient individuels. Ensuite, elle présenta une petite dame que personne n'avait remarquée : « Mme Legrand est psychologue. Une cellule de crise sera ouverte, dès la fin de la réunion, à l'infirmerie. Tous ceux qui le souhaitent peuvent aller parler avec Mme Legrand, qui les aidera à surmonter ce, cet... »

Long silence.

On nageait dans un rêve.

Adé eut un petit coup au cœur. Thibault Picard venait de lui adresser la parole. On était toujours dans la cour, il pleuvait toujours, et Mélanie Barbier était toujours aussi morte. Adé se surprit à penser que, compte tenu des circonstances, elle pouvait s'autoriser à écouter Thibault Picard. Plus rien n'était pareil. On ne savait pas ce qui allait se passer, s'il y aurait cours ou non et (quelle honte, quelle honte, une pensée pareille !) si la cantine servirait un repas. Tout à coup, elle pensa que Thibault Picard, lui, ne déjeunait jamais au restaurant scolaire. Il avait l'autorisation d'aller en ville, s'acheter un sandwich. Encore une de ses bizarreries. Ou alors, c'est que ses parents n'avaient pas assez d'argent pour payer la cantine.

— Comment ? demanda Adé.

Elle rougit. Une vraie pouffe ne dit jamais « comment ? ». Mais Thibault ne remarqua rien.

— Je ne suis pas triste, dit Thibault.

Adé le regarda. Hésita entre plusieurs sentiments flous qu'elle ne sut pas identifier. Était-elle triste, elle ? Oui, quand même. Mais pas seulement à cause de Mélanie.

— Mélanie Barbier était une fille extrêmement méchante. Elle serait devenue une femme horrible, reprit Thibault.

Adé renifla un peu.

— C'est répugnant, ce que tu dis, murmura-t-elle d'une voix très douce.

Ils se turent.

— Je sais que tu la détestais aussi, insista Thibault. Je sais plein de choses sur toi. Je t'ai vue te promener un dimanche avec tes parents. Tu n'avais pas de maquillage, pas de…

Il désigna les vêtements d'Adé, d'un geste vaste et consterné. Elle rougit davantage encore.

— Qu'est-ce que ça veut dire, pas de maquillage ? Tu es contre le maquillage ? Tu veux quoi ? Que les filles soient voilées, c'est ça ?

Et puis elle se rappela que Mélanie était morte, et ne parvint plus à le comprendre. Elle se dit qu'il faudrait qu'elle éclate en sanglots, mais eut juste un peu envie de vomir. Thibault n'était vraiment pas moche du tout. Il avait découvert son secret. Et alors ?

— Écoute, chuchota-t-elle. D'accord. Tu sais plein de trucs sur moi. Et tu les gardes pour toi.

— Mais pourquoi tu te déguises ? insista bêtement Thibault.

— Pour pas avoir une tronche de ringard comme toi, conclut Adé, agacée, en s'éloignant.

Elle était en colère tout à coup. Vendredi prochain, Rod en prendrait plein la tête. Boudeuse, elle alla prendre place dans la file d'élèves qui attendaient d'être interrogés, devant le foyer. Sa mine renfrognée lui épargna les questions des autres filles, qui ruisse-laient de larmes. Leur rimmel dessinait des flaques charbonneuses sur leurs joues un peu creuses. On aurait dit une danse macabre. Elle lorgna, du coin de l'œil, Thibault qui ne la quittait pas des yeux, planté sous un platane, et M. Arnoux qui parlait avec Anthony. Curieux rapprochement. Une voix douce la tira de sa rêvasserie.

— Entrez, mademoiselle.

Le commissaire Gicquiaud penchait vers elle sa grosse tête intelligente et ébouriffée. Il était vraiment plus grand encore qu'elle ne se l'était figuré, et exha-lait une haleine de déchetterie. Elle se mit poliment en apnée et tenta un sourire. Il la fit asseoir sur une chaise, en face d'une table pour collégien, bien trop petite pour lui, sous laquelle il coinça péniblement ses genoux.

— Je voudrais que vous me disiez tout ce que vous savez sur Mélanie, prononça le commissaire d'une voix un peu fatiguée, un peu mécanique. Tout ce qui vous revient en mémoire. Des paroles, des gestes, des détails. L'indication la plus futile en apparence peut se révéler précieuse dans le cadre d'une enquête cri-minelle.

Adé adora qu'on lui parle ainsi. Elle fit un gros effort de concentration, et esquissa un portrait de Mélanie, aussi fidèle que possible. De temps en temps, le commissaire hochait la tête et notait quelque chose sur un joli carnet. Il paraissait intéressé et surpris par les propos d'Adé, qui, au fond, n'avait rien à dire. Mélanie était la plus normale des filles qu'elle connais-sait : dragueuse obsédée par un tas de choses, dingue de fringues, dingue de danse, dingue de la série *La vie est belle*, dingue de musique, méchante et joyeuse, très parfumée.

— Elle ne vous a jamais parlé de quelqu'un, d'un homme ?

Qu'est-ce que c'était que cette question vague et un peu troublante ? Est-ce que la police était au courant d'une liaison entre Mélanie et un homme ? Un vrai homme ? Ou bien peut-être, de menaces, de filatures, dont Adé n'aurait jamais eu vent ? Elle se creusa la tête puis la secoua négativement.

— Quelqu'un était-il susceptible de lui en vouloir ? poursuivit Gicquiaud.

— Ah oui, beaucoup de monde !

La réponse avait jailli d'elle-même, et surprit le policier qui suspendit un geste vague.

— Que voulez-vous dire, mademoiselle ?

Il s'était penché par-dessus la petite table, et Adé perçut de nouveau sa respiration rance.

— Beaucoup de gens lui en voulaient, à cause de son caractère. Elle n'était pas. Elle n'était pas gentille.

Gicquiaud se redressa, hissant avec peine sa grosse tête lourde, et battit trois fois des paupières pour balayer le témoignage futile d'Adé. Des histoires de gamins. Rien à se mettre sous la dent. Il se leva, et indiqua la sortie d'une main molle.

— N'hésitez pas à consulter Mme Legrand, notre psychologue. Et, au cas où un détail vous reviendrait, communiquez-le-moi. N'importe quel détail.

Au moment où Adé se levait, elle vit entrer la directrice et la Conseillère Principale d'Éducation, tremblante d'émotion.

— Excusez-moi, monsieur le commissaire, murmura

la CPE, mais il s'est produit des faits curieux. On m'a volé mes lunettes.

— Vos lunettes ?

Le commissaire sentit une petite douleur, derrière l'œil gauche, annonciatrice d'une migraine carabinée.

— Oui. Mes lunettes de vue. Je les laisse toujours sur mon bureau. Et, tout à l'heure, j'ai constaté qu'elles avaient disparu.

— Et moi, commissaire, ajouta la directrice, ravie, c'est un porte-clés qu'on m'a volé. Un petit porte-clés doré, sans grande valeur, mais auquel je tenais beaucoup. C'est ma fille qui me l'avait offert. Ce qui est bizarre, c'est que je l'avais laissé, moi aussi, sur mon bureau pendant peut-être une demi-heure et, à mon retour…

— Merci, mesdames, pour ces précisions, soupira le commissaire. Est-ce qu'éventuellement votre infirmière pourrait me procurer de l'aspirine ?

Adé se retrouva dans le couloir. Elle n'avait pas envie de voir la psychologue. Des adultes passaient, dans une odeur d'eau de javel. Un monde jaune et triste. Ses parents lui manquèrent. Il allait encore falloir traverser toute cette immense journée.

Mais finalement, ça ne se passa pas si mal. On ne fit pas cours. On ne renvoya pas non plus les élèves chez eux. Ce fut une espèce d'interstice, une coupure dans la monotonie des jours, un peu comme une veille de vacances, ou une veillée d'armes. Les gens de la classe avaient été réunis dans la salle de permanence. Certains sortaient pour aller parler au commissaire, ou à Mme Legrand, d'autres demeuraient assis à ne rien faire, les yeux dans le vague fixés sur des images sinistres, le trou dans le front de Mélanie, que personne n'avait vu, mais que tout le monde voyait quand même. Thibault revint parler avec Adé. Elle ne le chassa pas.

— De toute façon, affirma-t-il, je suis sûr qu'on se réincarne.

Adé partageait ce point de vue.

— À l'heure qu'il est, quelqu'un naît quelque part. Un corps accueille l'âme de Mélanie.

Mais quel corps ? Et l'âme de grand-père ? Adé se souvint que Mélanie adorait jouer à convoquer les

49

morts. On se réunissait autour d'une table de cuisine, et on faisait bouger des verres. Ça ne marchait jamais.

— Mon grand-père a été tué par un éléphant, dit Adé.

Puis elle se tut, stupéfaite d'avoir prononcé cette phrase qu'elle n'avait pas préméditée.

Thibault, heureusement, parut très intéressé, et lui posa beaucoup de questions.

— Un éléphant, murmura-t-il enfin, d'un air profondément intelligent qui le rendit encore plus mignon.

Mais il n'ajouta rien.

Plus tard, Anthony vint s'asseoir sur le bureau, pour causer avec eux. Il leur dit qu'on allait tous essayer de penser à Mélanie, de se rappeler tout ce qu'elle avait de beau. Ceux qui étaient croyants pouvaient faire une prière, et les autres se souvenir de son sourire. Il leur dit que la vie continuerait, qu'on n'allait pas l'oublier, et que la police retrouverait certainement très vite le malade qui avait fait ça. Il ne fallait pas avoir peur. Il fallait faire confiance à la police, faire confiance à la vie. À la fin, tout le monde pleurait, sauf Thibault.

La journée passa comme ça. Le soir, Adé tomba dans les bras de sa grand-mère et lui raconta tout. Elle en avait déjà assez de cette histoire, elle voulait que tout redevienne normal.

— Rien n'est normal, soupira grand-mère en buvant une gorgée de thé.

En rentrant chez elle, Adé trouva ses parents très inquiets. Ils étaient déjà au courant. L'établissement leur avait passé un coup de téléphone. Papa parla beaucoup, mais Adé n'écoutait plus, elle se sentait épuisée, de mauvaise humeur. Elle était un peu jalouse de Mélanie, qui trouvait le moyen d'être une star, et qui n'avait plus à supporter le poids des choses lourdes.

Heureusement, Rod ne l'embêta pas. Il demanda juste si Mélanie avait été violée.

Violée ? Quelle horreur ! Violée. Adé n'y avait même pas pensé.

Il faudrait lire les journaux le lendemain. Il faudrait. Violée. C'était inimaginable.

Dans ses rares moments de sommeil, Adé fit des cauchemars atroces. Des troupeaux d'éléphants qui piétinaient en barrissant le corps de Mélanie.

Une purée au sang.

Et c'était loin d'être fini.

Blog d'Emma.
Aujourd'hui, Mélanie est morte.
La mort a frappé. Je t'aimais, ma Méla, de tout mon cœur, de toute mon âme.
Tu es partie, et j'ai froid.
Je caresse mon gros chat Olaf, qui me regarde avec ses yeux d'or.
Salut la belle, attends-moi. Attends-nous.
On lui fera la peau, à ce connard. Où qu'il soit.

Commentaire de Pam.
Trop beau, Emma, ton poème.
Je pleure aussi.
Embrasse Olaf.

M. Arnoux se tut. Quelque chose n'allait pas. C'était le silence. Il n'entendait plus l'habituel bruit de fond qui tapissait ordinairement ses paroles, toutes ces petites vibrations de l'air prouvant qu'en face de lui se tenaient des êtres vivants. On ne gratouillait plus, on ne froissait plus bêtement, on ne déplaçait plus le pied des tables avec un grincement sinistre. Et surtout, Mélanie ne faisait plus rouler son stylo jusqu'au bord du bureau. Cet air faussement innocent qu'elle avait, persuadée qu'il ne voyait rien, alors qu'il calculait le moment où se produirait la chute de l'objet, guettait ce moment même, s'en amusait, s'arrangeait pour que le choc du stylo contre le sol empêche d'entendre un mot important, une explication. Ça agaçait ses fidèles, la petite Adélaïde Manchec, et Thibault Picard, dont le froncement de sourcils prouvait qu'ils étaient suspendus à ses lèvres. Ça mettait de l'ambiance. Il n'y avait plus d'ambiance, Mélanie était morte et les autres semblaient vides.

On ne l'écoutait pas plus que d'habitude, pas moins non plus. On était là, figé, la bouche entrouverte, la lèvre flasque et l'œil ailleurs. On regardait la chaise vide, en repensant à l'enterrement qui avait eu lieu deux jours plus tôt. Le lycée avait offert des fleurs. Il avait plu sur les lunettes noires. Tout le monde était très élégant, même le jeune collègue de sport qui, sans son survêtement, sanglé dans un costume sombre, ressemblait encore plus à un acteur américain. Même ce technicien de surface un peu bossu, qui avait toujours l'air de ruminer quelque chose.

Quelques flics étaient venus, le grand commissaire, son adjoint. Et M. Arnoux n'avait pu s'empêcher de penser qu'ils surveillaient les participants. Peut-être l'assassin assistait-il à l'inhumation. Il pouvait s'agir d'un maniaque, d'un pervers. Les parents étaient démolis. Deux loques. Deux vieillards, soudain. M. Arnoux n'avait pas d'enfants.

Il se tut et regarda ses élèves. Personne ne s'aperçut qu'il ne disait plus rien. Il attendit un peu, puis se racla la gorge et toussota.

— J'ai l'impression, reprit-il d'une voix très douce, que vous n'êtes pas avec moi.

Tous les visages se tournèrent vers lui. Il marcha lentement jusqu'à son fauteuil et s'y laissa tomber. Puis il ôta ses lunettes, les posa sur le bureau, devant lui, et appuya sur ses yeux comme sur les boutons d'une machine. Il entendit une voix demander :

— Monsieur, est-ce que vous pensez que c'est un tueur en série ?

Il sursauta. Il n'y avait pas pensé. Un tueur en série. Ça ne faisait pas partie de son univers. Non pas que la question le laissât indifférent, il raffolait des romans policiers et en possédait trois bibliothèques pleines, mais justement parce que, pour lui, les tueurs en série étaient des personnages de romans policiers. Pas des êtres susceptibles d'agir sur la réalité. Un tueur en série ! Il imagina aussitôt d'autres élèves défunts, d'autres chaises vides. Il s'envisagea tout seul à son bureau et se surprit (mais très très brièvement) à en éprouver un léger soulagement.

Il ôta les mains de ses yeux et regarda la fille qui venait de lui poser la question. C'était un beau spécimen de péronnelle, une grande gigue blonde manucurée, maquillée, une de ces petites personnes qui font la fortune des orthodontistes, des visagistes et des dermatologues. Elle paraissait soudain si angoissée, si désemparée, qu'il eut la désagréable impression de se trouver face à un bébé travesti en top model. Il eut pitié d'elle.

— Un tueur en série ? Je ne sais pas, Pauline. Je ne crois pas.

Qu'est-ce que ça voulait dire ? C'était idiot. Bien sûr que c'était possible. Les journaux n'avaient pas manqué d'évoquer l'hypothèse. Plusieurs spécialistes avaient donné leur avis : ce crime ne ressemblait pas à l'action d'un détraqué banal. La plupart des assassins qui s'attaquent aux adolescentes ont des motivations sexuelles. Ils violent. Ils étranglent. La mort de la jeune Mélanie Barbier ressemblait davantage à une exécution. Elle semblait servir un projet, un plan plus vaste. L'acte avait toutes les apparences de la froideur et du détachement. Les spécialistes avaient recommandé aux parents de ne plus laisser sortir leurs enfants seuls, de les surveiller.

M. Arnoux fut ému de constater que Pauline lui posait la question à lui à cause de sa culture, de ses connaissances encyclopédiques. Au fond, elle lui faisait confiance.

Mais il n'avait aucune réponse. Et il ne put évidemment annoncer à Pauline qu'elle serait la prochaine victime.

Mme Crémieux, la CPE, trouva sur son bureau une feuille de papier, mal pliée en quatre, froissée et graisseuse. Elle voulut d'abord la jeter à la corbeille, sans y réfléchir, mais y discerna quelques mots flous. Elle pesta contre le plaisantin qui lui avait volé ses lunettes, puis se dit qu'elle ferait bien de fermer son bureau à clé quand elle s'absentait. N'importe qui paraissait y entrer comme dans un moulin. Elle approcha le papier de son gros nez mauve, et lut :

« Pauline Dumas, élève de 2nde 4, fume des cigarettes dans les couloirs. »

Elle poussa un soupir triste. La délation. Elle avait horreur de ça.

Et puis, vraiment, est-ce qu'on avait le temps de s'occuper de ça, des gamines qui fument ? Après ce qui s'était passé ?

Elle réfléchit un peu à la disproportion entre les choses. Mais elle n'aimait pas trop réfléchir. Elle préférait agir.

En fait, elle n'aimait pas tellement agir non plus. En fait, elle rêvait d'être tranquille, quelque part, sur une île, à siroter quelque chose dans un hamac, et que son nez soit petit, mutin, retroussé.

Elle se secoua, consulta son ordinateur, constata que la 2nde 4 avait cours de maths en B 210, et s'en fut chercher la petite Pauline Dumas pour discuter sérieusement avec elle dans son bureau. Elle se sentit un peu héroïque. Elle gravit plusieurs escaliers, emprunta un raccourci, un passage secret qui traversait les ateliers où des élèves en bleu de travail, le visage protégé par de grosses lunettes, travaillaient sur des machines. L'air sentait l'huile. Elle se rappela qu'il fallait qu'elle porte sa voiture au garage, pour la révision.

En passant près d'un local technique, elle croisa un agent de service courtaud et bizarre, qui la regarda avec insistance.

— Bonjour, madame Crémieux, dit-il d'une voix obséquieuse et pleine de sous-entendus.

Elle répondit évasivement. Elle ne se rappelait plus le nom de cet homme. Il ressemblait à un personnage de dessin animé qui faisait peur à sa fille.

Marchant toujours, au long des couloirs ternes, elle se remémora sa propre adolescence dans des couloirs semblables. Elle avait passé sa vie dans des couloirs. Elle aussi fumait en douce à l'époque. Elle rêvait de partir à l'étranger, d'aider les populations pauvres, de creuser des puits dans le désert. Mais elle avait rencontré Arnaud Crémieux, un grand étudiant maigre en mathématiques, qui l'avait séduite puis épousée, pour se métamorphoser en grand ingénieur bedonnant dans une usine qui fabriquait des boîtes de

conserve. « Je travaille dans une boîte de boîtes »,
disait-il en riant à tout le monde.

Elle frappa sèchement à la porte de la salle B 210,
puis entra.

Trente têtes se tournèrent vers elle.

— Pauline Dumas. Viens, s'il te plaît. J'ai à te
parler.

Pauline, ouvrant de grands yeux candides, se leva,
saisit un petit sac à fleurs qui ne la quittait pas,
replaça sur son oreille une mèche faussement rebelle,
et traversa les rangs avec une dignité de madone
offensée.

— Qu'est-ce qui se passe, madame ? s'enquit-elle
timidement quand elles se retrouvèrent dans les couloirs.

— Nous en parlerons dans mon bureau.

Et Mme Crémieux ne dit plus un mot, ferma son
visage, se tint droite. Elle avait suivi un stage sur le
« langage corporel » animé par un consultant en
communication. Se tenir droit, regarder l'horizon
signalait tout de suite une autorité ferme et sûre de
soi. Pauline, quant à elle, ondulait légèrement des
hanches, et c'était désespérant de constater à quel
point cette gamine était séduisante sans le moindre
effort, alors que Mme Crémieux voyait se dessiner
pour elle-même un avenir de varices et d'arthroses.
Par moments, la vie était moche. Elles entrèrent dans
son bureau.

— Assieds-toi. Je n'irai pas par quatre chemins. Je
sais que tu fumes.

Attaquer direct. Désarçonner l'adolescent.

Pauline, prudente, éclata tout de suite en sanglots.

— Pleurer n'arrangera pas les choses, observa Mme Crémieux en fouillant pour trouver un nouveau paquet de mouchoirs en papier recyclable. Tu sais que tu risques le conseil de discipline, c'est-à-dire l'exclusion définitive. Le règlement intérieur est très strict.

Cette fille l'agaçait. Qu'est-ce qu'elles avaient toutes à pleurer ? Elle, autrefois, ne pleurait pas. Elle affrontait courageusement les adultes.

Pauline, réfugiée derrière son rideau de larmes, réfléchissait. Elle comprit très vite qui l'avait dénoncée. Ce bâtard de Vomito. Personne d'autre n'aurait eu le courage de le faire. Elle improvisa.

— Oui, hoqueta-t-elle. Oui, je fume. Et je suis pas la seule, je peux vous le dire.

Mme Crémieux se redressa. Enfin, un peu de cran. Ça lui plaisait. Elle se radoucit. Elle adorait avoir raison.

— Mais je sais qui m'a dénoncée, ajouta Pauline en baissant la voix. Et je sais pourquoi.

Quel était le vrai nom de Vomito, déjà ? Elle l'ignorait. Aucune importance.

— C'est le balayeur bossu, là, vous savez.

— Pauline, je t'interdis de…

— N'empêche que si vous voulez virer quelqu'un, vous feriez mieux de vous intéresser à lui.

Et elle puisa dans la rage joyeuse que lui procurait sa ruse, pour produire une douzaine de larmes supplémentaires.

— Pauline, je ne comprends pas ce que tu veux dire.

Alors, se drapant dans une dignité boudeuse, Pauline se redressa :

— Il m'a dénoncée pour se venger. Parce que je ne faisais pas ce qu'il voulait.

— Ce qu'il… Comment ça ?

— C'est un pervers. Il aime les filles très jeunes. À votre avis, comment je peux savoir qu'il a un dragon tatoué sur la fesse ?

Rod regardait l'éléphant. C'était sûr, il n'y avait pas de doute, les éléphants possédaient un langage. Les dauphins parlent, les singes parlent, les fourmis communiquent, les rats aussi. Les éléphants, c'était obligé.

Rod, ces derniers temps, avait lu bon nombre d'articles ardus concernant le langage des éléphants, sur des sites spécialisés. Mais ils étaient en anglais. C'était décourageant. Sans compter que les bêtes parlaient peut-être elles-mêmes plusieurs langues. Un éléphant d'Asie ne comprenait sûrement rien aux propos de son cousin africain. Il devait y avoir des patois, des dialectes, des accents. Rod estima qu'on ne pourrait sans doute pas débrouiller la question avant 2050. Il aurait une cinquantaine d'années. À ce moment-là, on pourrait peut-être procéder à des interrogatoires d'éléphants qui fourniraient des renseignements sur la mort de grand-père.

Et pourtant, celui du zoo semblait animé des meilleures intentions. Il posait sur Rod un petit œil doux qu'il clignait quelquefois. Il semblait lui dire : « Vas-y, je t'écoute, pose-moi des questions. »

Le jour baissait. Bientôt, le gardien passerait dans les allées en agitant une espèce de crécelle et pousserait les visiteurs vers la sortie. Rod se concentra. Il y avait bien la télépathie. Un cerveau d'éléphant doit émettre des quantités astronomiques d'ondes. Rod était assez sensible aux ondes. D'ailleurs, il avait souvent mal au crâne en rentrant du zoo. Il ferma les yeux et se concentra sur les images qui passaient derrière ses paupières.

Mais c'étaient des images sinistres. Il se représentait la pauvre Mélanie Barbier, démantibulée dans son terrain vague. Il était passé plusieurs fois devant. La police avait posé des barrières autour, comme dans les téléfilms qu'il regardait en cachette quand ses parents n'étaient pas encore rentrés. Il avait eu envie d'aller voir s'il ne subsistait pas des traces de sang dans l'herbe détrempée, mais il n'avait pas osé. Rod aimait bien Mélanie. Il l'avait croisée une ou deux fois, en ville, et l'avait reconnue grâce à la photo de classe d'Adé, qu'il contemplait régulièrement. À vrai dire, Rod était très sensible au charme de celles que sa sœur appelait les pouffes, et il regrettait un peu les positions radicales d'Adé, qui le privaient, lui Rod, de la compagnie joyeuse de filles bruyantes et plus âgées que lui, des filles qui viendraient d'elles-mêmes à la maison le soir, pour pouffer pendant des heures. Difficile de vivre chez des intégristes. Il revint à l'éléphant. Se concentra. Et entendit une voix.

— Sors-moi de là, petit. Viens me chercher !

Il sursauta et se retourna. Derrière lui se tenait un jeune homme hilare. Rod le reconnut aussitôt, car il était particulièrement physionomiste. Ce jeune homme figurait, lui aussi, sur la photo de classe d'Adé. C'était leur prof de sport. Le crétin qu'elles adoraient toutes. Il était en sueur, et l'on voyait qu'il venait d'interrompre un jogging particulièrement intense. Il courait encore, sur place.

— Moi aussi je l'aime bien, dit-il. Je passe devant très souvent, quand je m'entraîne. On se connaît.

Il jeta un coup d'œil circulaire sur les allées désertes qu'obscurcissait déjà la nuit, puis s'approcha de la barrière. Il fit claquer sa langue. L'éléphant cligna trois fois de l'œil, bougea lentement ses oreilles et fit un pas vers lui.

— Il est très sociable, commenta Anthony. Il a dû être apprivoisé, autrefois. Peut-être qu'il travaillait dans un cirque.

L'éléphant fit un autre pas, et émit un son insolite, aigu et joyeux comme un roucoulement.

C'est à ce moment qu'Anthony accomplit une action proprement extraordinaire, qui lui valut l'adoration immédiate de Rod. Il escalada le muret qui les séparait de la bête, prit son élan et franchit d'un bond souple le deuxième obstacle : un treillis de grillage rouillé qui présentait, par endroits, des affaissements propices. Il se retrouva devant le pachyderme, qui n'en fut pas surpris.

Et lui posa une main sur la trompe. Ce mec était dément.

Quelques minutes passèrent ainsi, au cours desquelles l'éléphant frotta ses joues parcheminées contre les doigts du jeune homme. En tendant l'oreille, Rod crut entendre quelque chose comme un moteur hors d'âge, qui tournait au ralenti. Est-ce que les éléphants ronronnent ?

Ensuite, sans qu'on sache pourquoi, ce fut fini. La bête s'éloigna et reprit son broutement où elle l'avait laissé. Peu après, la crécelle du gardien crépita.

D'un bond, Anthony rejoignit Rod et, trois minutes plus tard, le gardien rappliquait. Ils quittèrent ensemble le parc zoologique.

— C'est dingue, commenta Rod. Comment vous faites ?

Anthony sourit.

— J'ai le contact, avec les animaux. Ils m'aiment bien. Je n'ai pas peur d'eux, ça se fait comme ça. C'est pareil avec les chiens et les chats.

Rod se sentit ragaillardi, joyeux, désireux de vivre et de sortir du creux de tristesse où la mort de Mélanie l'avait fait trébucher.

— Je vous connais, déclara-t-il avec une fierté modeste. Vous êtes le prof de sport de ma sœur.

Anthony le regarda, et son sourire s'élargit.

— Mais oui, répondit-il, je me disais que ta tête me rappelait quelqu'un. Qui est ta sœur ?

— Adélaïde Manchec. On se ressemble.

Anthony éclata de rire. Adélaïde Manchec ! Qu'est-ce que c'était que ce nom monstrueux ?

— Tout le monde l'appelle Adé, précisa Rod en soupirant.

— Adé ! Bien sûr ! Tu lui diras bonjour de ma part. Je l'aime beaucoup. (Et il se remit à trottiner.) Faut pas que je me refroidisse. On se recroisera sûrement, si tu viens voir l'éléphant, quelquefois.

Il s'éloigna, en agitant la main, dans le frisquet crépuscule. Rod se promit de garder pour lui l'information selon laquelle Anthony aimait beaucoup Adé. Mais il se réjouit d'avance du pouvoir que lui conférerait cette rencontre. Elle voudrait avoir des détails. Il pourrait broder à l'infini. Il se promit de lui en parler par signes au repas du soir. Elle allait en bouillir de curiosité.

Puis il se remit à penser sérieusement à tout ça. Un éléphant écrase grand-père. Un autre se laisse caresser par Anthony. Méchants éléphants, éléphants sympathiques. Comme les humains, alors ? À moins que, quelque chose, dans le comportement de Grand-père, ait offensé, ou effrayé la grosse bête. L'appareil photo ? Les appareils photo, dans l'esprit d'un éléphant, ressemblaient certainement à une arme, à une menace.

Il se rendit compte, tout à coup, qu'il marchait seul en ville, que la nuit était presque tombée, que ses parents et sa sœur allaient être très inquiets. Lui-même, d'ailleurs, ne se sentit pas très rassuré. Il ne fallait pas qu'on lui interdise de rendre visite à l'éléphant. Il pressa le pas.

M. Bergeret, l'intendant du lycée, était un homme répugnant. Par tous les trous de son visage, on avait l'impression qu'une substance sale voulait sortir. Un glue boueuse affleurait au bout de ses boutons, au bord de ses orifices, empâtait sa voix gargouillante. Il était le supérieur hiérarchique de Vomito, qui se tenait devant lui, gêné.

— C'est moche, cette histoire, disait M. Bergeret. Vous êtes dans une situation inconfortable, Vomit... monsieur Guillaume.

Vomito le savait bien. Tout ça à cause de ces petites ordures. Ces sales gamines. Il serra ses poings dans les poches de son bleu.

— À notre époque, vous savez, reprit Bergeret, les affaires de mœurs, ça peut aller chercher loin. J'espère pour vous que la gamine ne portera pas plainte.

Vomito haussa les épaules. Qu'elle porte plainte et on verrait. Il se souvint d'une souris qu'il avait découpée en morceaux, autrefois, sans raison. Parce qu'il était énervé.

— Mme Mièvre a réussi à raisonner la jeune fille. Mais je ne vous cache pas que la direction aimerait bien se débarrasser de vous discrètement, monsieur Guillaume. En fait, la décision m'appartient. Personnellement, je n'ai aucun reproche à vous faire. Et je vais même vous confier quelque chose. Asseyez-vous.

Vomito, qui n'avait toujours rien dit, prit place dans le fauteuil situé, légèrement de biais, devant le bureau de M. Bergeret.

— Je vais vous dire ce que je pense de tout ça, monsieur Guillaume. (Bergeret, tout à coup, avait changé de visage. Il paraissait chiffonné comme un buvard gorgé d'encre rouge.) Nous vivons une époque de permissivité, de laisser-faire. Et regardez ce que ça donne : des dévergondées. Des dépravées qui, en plus, trouvent le moyen de nous accuser, nous, les adultes, de leur propre dépravation. Êtes-vous croyant, monsieur Guillaume ?

— Je crois, répondit Vomito.

Bergeret le fixa.

— Eh bien, si Quelqu'un nous regarde, là-haut, je ne suis pas certain qu'Il approuve ce qui se passe. En tout cas, je vais tout faire pour vous garder. Mais il faudra y mettre de la bonne volonté. Faites-vous discret. Fuyez les élèves. Et puis, je voudrais que vous passiez chez moi, ce soir, par exemple. J'aimerais vous charger d'un petit travail.

Vomito lui jeta un coup d'œil un peu étonné.

— Voici mon adresse, dit Bergeret en lui tendant une carte. Disons, dix-neuf heures. Je compte sur vous. Et pas un mot à quiconque.

Valentin Van Grunderbeeck était le petit ami de Pauline Dumas. Quand il rentra chez lui, ce soir-là, il ressentit un malaise vague. Quelque chose manquait. Il réfléchit, craignant d'avoir oublié de noter le travail à faire en français. Ce vieux pourri d'Arnoux vous collait toujours des punitions dégueulasses pour « exercices non faits ». Avec mot aux parents et tout et tout. Nazi.

C'est alors qu'il eut l'idée de passer un petit coup de fil à Pauline. Mais voilà : son téléphone portable avait disparu. C'était LA catastrophe internationale. Pas tellement à cause du téléphone, qui était vieux, de toute façon, un modèle de l'année dernière qui ne permettait pas de se connecter à internet. Même, à la limite, c'était une chance. Mais ses parents allaient lui prendre la tête pendant vingt ans, à cause du fait qu'il s'était engagé et réengagé à prendre soin de son appareil, à être responsable, parce que ça coûtait des sous. Il y aurait des sanctions et des représailles, ça serait fatigant, fatigant. Il soupira. Fallait-il signaler immédiatement la disparition ? Le risque, c'était que le voleur éventuel passe des tas de coups de fil, vide son forfait, appelle l'international. Là, Valentin serait carrément déshérité. Mais, d'un autre côté, il était bien plus vraisemblable que le téléphone, à l'heure qu'il était, repose tranquillement quelque part dans un couloir du lycée, ou sous un banc, dans les vestiaires. Il était parti précipitamment, il l'avait peut-être mal remis dans sa poche. On verrait demain.

Évidemment, tout ça, Pauline l'ignorait. Elle n'eut donc aucun soupçon quand son propre portable vibra, à onze heures du soir, et qu'elle vit s'afficher le numéro de Valentin (« Valmylove »). Elle venait juste de s'endormir, mais décrocha en souriant. Elle adorait que son amoureux la réveille. Ils causaient des heures parfois, parce qu'il avait les appels illimités la nuit, vers son numéro favori (elle). C'était drôlement pratique.

Mais elle cessa rapidement de sourire. Valentin avait une voix bizarre. Il chuchotait.

— J'ai un problème. Un gros problème. Il faut que tu m'aides.

— Mais qu'est-ce qui se passe. Où tu es ?

Elle attendit un peu. L'appareil émit des grésillements.

— Dans la rue, juste derrière chez toi. Il faut que je te montre quelque chose. Est-ce que tu peux me rejoindre maintenant ?

Pauline n'avait plus du tout sommeil. Elle était assise, dans son lit, le cœur plein d'émoi et de terreur joyeuse.

— Je crois que oui, répondit-elle.

Elle regarda le plafond. Ses parents dormaient à l'étage, et elle n'entendait aucun bruit. Elle avait juste à s'habiller et à sortir silencieusement du pavillon.

— Je suis au fond du parking, à côté du transformateur. Dépêche-toi.

Il avait raccroché.

Bien sûr, Pauline n'était pas idiote. Elle savait très bien que sortir à une heure pareille, toute seule, alors qu'un assassin rôdait en ville était de la folie pure. Elle-même avait demandé à M. Arnoux s'il pouvait s'agir d'un tueur en série. Il n'était pas impensable non plus que quelqu'un ait volé le téléphone de Valentin. La voix n'était pas exactement la sienne, d'ailleurs, à bien y réfléchir.

Et pourtant, elle sortit de son lit, enfila les vêtements qu'elle avait soigneusement préparés pour le lendemain, ouvrit la porte de sa chambre, traversa le couloir en chaussettes, sans faire le moindre bruit, ses pieds frôlant à peine le lino bicolore. Elle parvint à faire tourner la clé de la porte d'entrée, se retrouva sur le perron. Un vent glacé transportait des gouttelettes dans le halo d'un réverbère. Il y avait encore de la lumière derrière les volets de M. Hochard, le voisin retraité. Elle se chaussa, marcha sur la pelouse pour ne pas faire crisser le gravier, ouvrit la barrière qui n'était jamais fermée à clé et se retrouva dans la rue. Une rue calme qu'elle connaissait depuis toujours, bordée de maisons amicales. Elle pressa le pas, en direction du parking qui s'étendait un peu plus loin, et séparait le quartier d'un petit bois pour promeneurs. Finalement, Pauline était peut-être un peu idiote.

Quand elle arriva au parking, le vent souffla plus fort. Peut-être parce qu'il n'y avait plus de maison, alentour, pour l'arrêter. Elle jeta un coup d'œil autour d'elle. Trois voitures étaient échouées là. La lumière des réverbères éclairait mal cette zone frontalière entre la ville et la campagne. Elle aperçut les containers pour le tri sélectif des ordures, l'édifice malodorant des toilettes municipales et, tout au bout, la cabine du transformateur avec son terrible panneau métallique triangulaire représentant une silhouette électrocutée.

Elle trembla un peu, remonta le col de son petit blouson blanc, qu'elle venait d'acheter, et qui plaisait énormément à Valentin. Puis elle traversa le parking en direction du transformateur. De toute façon, Valentin et elle se l'étaient juré : au moindre problème, ils seraient là. Leur phrase favorite : « Je serai toujours là pour toi. » Ils se la répétaient, dans les moments difficiles, quand Valentin se chopait une sale note en latin. Allez savoir pourquoi, les parents de Valentin faisaient une fixette sur le latin qui était une langue archi-morte depuis des tas de millénaires, et il n'avait pas eu le droit d'avoir la dernière mise à jour de son jeu préféré avant de posséder la quatrième déclinaison. Pauline l'avait beaucoup aidé. Ils récitaient ensemble au McDo. Peut-être que ses parents l'avaient chassé de chez lui. Le dernier contrôle avait été catastrophique.

Elle marchait vite et distinguait, maintenant, la cabine du transformateur. Elle se demanda s'il serait prudent d'appeler. Déjà, sa bouche formait le nom aimé. Une silhouette apparut tout à coup, s'arrachant de l'ombre où elle était tapie. Pauline sursauta. Ce n'était pas Valentin. Elle voyait mal, parce que ce coin était le plus sombre du parking. Derrière la cabine, les premiers arbres du petit bois remuaient leurs feuilles avec indifférence.

Elle voyait mal, mais elle était sûre de connaître la personne qui se tenait debout devant elle, un revolver à la main. Il suffirait qu'elle fasse un pas de plus, ou deux. Bizarrement, elle n'avait pas tellement peur. Elle était plutôt furieuse, comme quand un garçon vous fait une mauvaise blague. Pour l'instant, la colère tenait la peur en respect. Elle avait l'impression qu'il lui suffirait de s'approcher, d'attraper l'arme et de la jeter par terre. Pourtant, dans les films, elle ne pouvait même pas regarder ce genre de scènes. Elle se cachait derrière un coussin et se bouchait les oreilles.

Elle connaissait cette personne. Elle se sentait presque calme. Peut-être, justement, à cause de l'impression familière que lui faisait cette silhouette silencieuse. Elle leva les yeux au ciel et vit que la lune allait bientôt sortir des nuages. On n'allait pas tarder à y voir un peu plus clair.

Elle fit un pas.

L'être portait une espèce de long manteau, très ringard, avec une capuche qui nimbait d'ombre son visage.

— Tu ne bouges pas, entendit-elle.

Cette voix… C'est à ce moment précis qu'elle commença d'avoir peur. Elle connaissait la voix, mais elle ne la reconnaissait pas. Parce que cette voix était complètement déformée par la haine. Une voix familière oui, mais comme affreusement transformée, chuintante, rauque.

Elle s'immobilisa.

— Tu me reconnais ?

L'être s'approchait, maintenant, avec une lenteur étrange, comme s'il glissait sur l'asphalte.

— N'espère pas en réchapper. Je vais te tuer, puis je tuerai les autres. Toutes les abominables créatures dépravées de ton espèce. Succubes lubriques. Diablesses. Tapineuses aux petits pieds.

Qu'est-ce que ça voulait dire ? Elle ne connaissait pas les mots qu'elle entendait, mais croyait comprendre qu'il ne s'agissait pas de compliments énamourés.

Puis la créature ôta sa capuche et Pauline la reconnut.

Elle poussa un cri d'horreur et de stupéfaction.

Et c'était exactement l'air qu'elle avait quand on retrouva son cadavre, le lendemain matin. Stupéfaite et horrifiée.

Les choses s'accélérèrent. Mme Pénigault, agent de service au lycée Mendès-France, trouva, au milieu de la cour, un tas de tracts. C'étaient de simples feuilles, noircies d'un texte ampoulé. Une horreur de texte, s'accordèrent à penser ceux qui en prirent connaissance, c'est-à-dire presque toute la ville, car les tas de tracts, semblables, il faut bien le dire, aux monceaux de crottes qui ponctuaient l'enclos de l'éléphant, par exemple, ces tas de textes dégoûtants, nauséabonds, furent retrouvés en un nombre incalculable de lieux : trottoirs, squares, gare, bars, urinoirs et caniveaux. Les passants les lurent, les propagèrent, les répandirent. Il n'y eut pas moyen de les soustraire à la vigilance des journalistes non plus qu'au bavardage des jaseurs, ce qui ne manqua pas de contrarier le commissaire Gicquiaud qui savait bien qu'en matière criminelle la plus grande discrétion était toujours souhaitable. Les tracts allaient alarmer l'opinion, l'affoler, il allait bientôt falloir contenir des mouvements de foules, ça s'était vu souvent. Et les assassins se fondent dans la foule comme des bactéries dans un corps malade. Voici ce que hurlait l'odieux document :

J'ai attendu un peu pour faire connaître mon existence au public. Ces deux exécutions seront les premières d'une longue liste. Par ma main s'exercera la justice à laquelle aspirent tous ceux qui, comme moi, s'effraient de voir le monde courir à sa perte.

Premièrement, le libertinage est la cause de la perte des filles qui, dès la primeure de leur jeunesse commencent à rechercher leurs plaisirs, s'émancipent et ne veulent demeurer que le moins qu'elles peuvent sous la subjection de leurs mères, et quelque peine et soin qu'on y emploie, il est très malaisé de retenir ces jeunes esprits volages. Saint Grégoire dit qu'une femme a le venin d'un aspic, la langue d'un serpent, les yeux d'un basilic, l'artifice d'un dragon et que la malice du monde n'est rien auprès de celle d'une femme. Saint Bernard, au cinquante-deuxième sermon, ose bien appeler la Femme l'organe du Diable : Mulier est organum diaboli. *Saint Jean l'Évangéliste dépeint la femme assise sur une bête à sept têtes tenant une coupe remplie d'immondices qu'elle fait boire à tous les plus grands pécheurs de l'univers.*

Notre monde a, jusqu'ici, contenu la puissance maléfique de la femme, et bridé ses appétits voraces. Mais voici que les Marchands sont rentrés dans le Temple et qu'ils ont fait miroiter aux yeux de ces créatures dévoyées tous les trésors de la luxure, tous les délices de la débauche. Et nous voyons nos villes s'emplir de futures hétaïres, promenant leurs appas naissants sous les yeux d'honnêtes pères de famille, de jeunes gens fragiles dont la vertu s'offense de tels débordements. Encore quelques années de cette prostitution et notre civilisation s'écroulera, passera aux mains d'autres puissances, plus soucieuses que nous de contenir les maléfices de cette chair répandue. Je suis le vengeur. Je suis l'exécuteur d'un dessein céleste. Je vais punir ces démons, l'un après l'autre. Et terrifierai toutes celles qui auront voulu suivre leur exemple. L'enthousiasme est frère de la souffrance.

Tremblez, créatures impudiques, vous finirez comme les deux premières, qui hurlent, à l'heure qu'il est, dans les chaudrons du diable. Je vous connais, je sais vos noms, je vous observe et vous étudie depuis longtemps déjà. Je vous suis. Votre mort est déjà résolue. Mais je veux que chacun sache pourquoi vous mourrez. Je veux que vous quittiez cette arrogance que vous étalez dans nos rues, que vous connaissiez la terreur, cachiez vos corps dépravés et laissiez les enfants grandir dans la paix d'une innocence retrouvée.

— Qu'est-ce que c'est que ce charabia ? demanda le lieutenant Bourdin au commissaire Gicquiaud.

Ce dernier ne répondit pas. Il frottait ses joues mal rasées comme s'il espérait en faire tomber les poils, par petits paquets, sur son bureau en désordre. On entendait sonner les téléphones, au standard. Il savait que c'étaient des gens inquiets qui appelaient à cause du tract, et qu'on allait connaître une période d'abominables emmerdements.

— C'est peut-être une blague ? hasarda Bourdin.

Gicquiaud, délaissant ses joues rougies, s'octroya un massage des paupières.

— Vous avez lu jusqu'au bout, Bourdin ?

Bourdin toussota. Il ne lisait jamais rien jusqu'au bout et, de toute façon, il ne comprenait pas un mot de ce que racontait le tract. Tous les termes qui ne se rapportaient pas directement au football ou à l'automobile étaient obscurs pour Bourdin. Le monde était obscur, pour Bourdin. Il s'empara d'une feuille, balaya le début du regard (« libertinage », « malice », « hétaïre », il devait y avoir un dico dans le bureau de Copard, lui qui faisait des mots croisés), et parvint au bas de la page où l'attendaient deux lignes inquiétantes :

Pour le cas où vous douteriez de ma bonne foi, j'ai déposé devant l'église Saint-Grégoire une petite boîte contenant quelques objets intimes, prélevés sur les condamnées, après leur exécution.

Gicquiaud, d'une main lasse, désigna ladite boîte, posée en évidence sur son bureau. Il l'ouvrit : elle contenait une boucle d'oreille de Mélanie, et le soutien-gorge ensanglanté de Pauline. On pouvait voir, en outre, deux longues mèches de cheveux, violemment arrachées aux malheureuses. Bourdin recula d'un pas et dit « Bordel ! ».

— Pas d'empreintes, dit Gicquiaud. Bien sûr.

Bourdin promena sa langue dans sa bouche, ce qui était toujours l'indice qu'il réfléchissait. Cela lui plissait le front et remuait les oreilles. Puis il demanda :

— Mais, en fait, qu'est-ce qui, je veux dire, qu'est-ce que…

Gicquiaud soupira.

— Vous voulez que je vous explique, Bourdin ?

Soulagé, Bourdin secoua la tête avec enthousiasme pour dire qu'il voulait bien.

— Un dingue a décidé de flinguer les minettes.

Bourdin attendit la suite, qui ne vint pas.

— Mais pourquoi, commissaire ?

— Il pense que ce sont des putes. Voilà.

Bourdin baissa la tête et se renfrogna. Il n'aimait pas les gros mots, quand c'étaient les autres qui les prononçaient.

— Comment vous voyez la suite, commissaire ?

Gicquiaud se leva, étrilla sa nuque puis s'attaqua à ses cheveux.

— D'abord, on analyse ce torchon (il montra le tract). J'ai demandé à notre psychologue, Mme Legrand, de nous donner son avis. Elle va nous proposer un premier profil de ce dingue. Ensuite, je veux qu'on ramasse et qu'on fasse disparaître tous les papiers qui traînent encore en ville. Ça ne servira pas à grand-chose, mais si on pouvait limiter la panique. Et puis on interdit à toutes les gamines de se balader seules, de sortir de chez elles après six heures du soir.

— Couvre-feu pour les pouffes, commenta Bourdin.

Le commissaire lui lança un regard furieux, et s'apprêtait à dire quelque chose quand Mme Legrand fit son entrée dans le bureau. Gicquiaud se précipita vers elle, le papier à la main.

— Vous avez lu ? Qu'est-ce que vous en pensez ? C'est un dingue ?

Mme Legrand ne répondit pas tout de suite. Elle s'assit. Gicquiaud l'imita. Seul Bourdin, embarrassé, resta debout. Mme Legrand prit la parole, d'une voix calme et claire.

— Un dingue, certainement, commissaire. Mais un dingue cultivé et très intelligent. Son texte est délirant mais structuré. Il ne vous a pas échappé que son message comporte de nombreuses références religieuses. Sa prose est hantée par la sexualité, et par la décadence. Classique. Ce qui l'est moins, c'est le passage à l'acte.

— Vous voyez quel genre de bonhomme ? Un curé ? Un prof ?

Mme Legrand le regarda dans les yeux.

— Il ne s'agit pas nécessairement d'un homme, commissaire. J'ai eu affaire à bon nombre de femmes qu'indignait le mode de vie des jeunes filles actuelles. On peut très bien imaginer une sorte de rivalité nourrie de fantasmes morbides sur fond de délire mystique.

Bourdin toussa.

— Une bonne sœur ? proposa le commissaire.

Mme Legrand esquissa un sourire.

— Pourquoi pas ? Les nonnes sanglantes, ça s'est vu.

Le commissaire, plongé dans une méditation irritée, attrapa le soutien-gorge de Pauline qu'il se mit à scruter. Puis, s'apercevant que les deux autres avaient les yeux braqués sur lui, il rougit et le reposa précipitamment dans la boîte.

— C'est un peu maigre, tout ça, commenta-t-il d'un ton sévère.

Bourdin était d'accord avec le commissaire. D'ailleurs, il n'aimait pas beaucoup Mme Legrand, parce qu'il avait l'impression que les psychologues pouvaient lire dans sa tête et, quelquefois, il y avait des idées un peu bizarres dans la tête de Bourdin. Il prit une pose plus policière et se racla la gorge.

— Il y a peut-être quelque chose d'autre, reprit Mme Legrand.

Elle promena sur le tract du tueur son doigt maigre, paré d'un ongle rutilant et très pointu.

— Cette petite phrase, là : « L'enthousiasme est frère de la souffrance. »

— Ben quoi ? beugla Bourdin.

Il n'aimait pas qu'on lise des textes pendant des heures. Il préférait l'action. Mais il se tut, gêné d'avoir parlé si fort.

— Il me semble que c'est une citation. J'ai déjà lu ça quelque part. Je dirais que ça vient d'un texte classique. Mais il faudrait consulter un spécialiste.

— J'ai ça sous la main ! répondit le commissaire, tout à coup joyeux, comme si un chemin sec et sûr s'ouvrait soudain dans un marais malsain. J'ai convoqué les profs de la gamine pour les interroger. Les deux victimes étaient dans la même classe. Bourdin, faites entrer, comment s'appelle-t-il, le prof de français ? Arnoux.

Bourdin, ravi d'agir, fit un petit salut, disparut et revint accompagné de M. Arnoux, qui paraissait très marqué par le drame. Il portait un long manteau noir et son éternel parapluie.

— Entrez, monsieur, dit le commissaire, asseyez-vous.

On commençait à être serré dans le bureau minuscule. Bourdin se tassa dans un angle et Gicquiaud referma précipitamment la boîte contenant les effets des deux malheureuses.

— Monsieur Arnoux, je suis désolé d'avoir à vous interroger de nouveau, dans des circonstances aussi...

— ... Dramatiques, acheva M. Arnoux, par réflexe professoral.

Puis il ajouta, sans attendre qu'on lui pose une question :

— Pauline avait peur. Elle m'a demandé si je pensais qu'il pouvait s'agir d'un tueur en série.

Cette information plongea l'auditoire dans un

silence perplexe. Mais le commissaire reprit vite la parole :

— Avez-vous eu connaissance du mot laissé par le meurtrier ?

Arnoux, d'un signe, indiqua qu'il l'avait lu et relu.

— Est-ce que quelque chose, par hasard, vous aurait frappé, monsieur Arnoux ?

Le professeur se racla brièvement la gorge :

— Il comporte des citations de textes anciens. Tout le début est repris d'ouvrages du XVIᵉ siècle portant sur ce qu'on appelait « la mauvaiseté des femmes ». Ce sont des textes misogynes, extrêmement courants, adaptés des pères de l'Église.

— Et cette phrase : « L'enthousiasme est frère de la souffrance » ?

— Musset, répondit M. Arnoux sans la moindre hésitation. C'est une citation de *Lorenzaccio.* Je venais de parler de cette pièce aux élèves de la classe dont...

Il se tut. Cette information parut soudain capitale à tout le monde.

— Vous voulez dire, résuma Gicquiaud, que l'assassin a fait figurer dans son texte une citation en rapport avec l'un de vos cours ?

Le silence se fit.

— Il peut très bien s'agir d'une coïncidence, observa Mme Legrand.

Le commissaire ne répondit même pas.

— Monsieur Arnoux, je vous demanderai de nous fournir une déposition extrêmement précise concernant votre emploi du temps dans les dernières quarante-huit heures. Il va sans dire que nous serions très heureux de connaître votre alibi, pour la nuit du crime. Des crimes, je veux dire.

À cet instant, une musique joyeuse retentit, qui fit sursauter tout le monde. Elle provenait apparemment d'une poche du manteau de M. Arnoux, qui n'en fut pas moins stupéfait. Il se palpa, plongea la main dans sa poche et en tira un téléphone portable, qui cessa de chanter.

— C'est votre téléphone ? s'enquit Gicquiaud.

Arnoux avait pâli.

— Pas du tout. Je n'en possède pas. Celui-ci appartient à l'un de mes élèves. Je reconnais cette sonnerie, je le lui avais confisqué plusieurs fois.

— Quel élève, monsieur Arnoux ?

Un silence passa, puis le professeur répondit :

— Valentin Van Grunderbeeck. C'était le petit ami de Pauline Dumas.

— Entrez, dit M. Bergeret à Vomito qui se dandinait, mal à l'aise, sur le pas de sa porte. Ne restez pas là.

Vomito entra dans le petit appartement mal éclairé, et promena les yeux sur les objets qui l'encombraient.

— Vous voyez, dit Bergeret, ce n'est pas grand. Et comme je travaille beaucoup, je n'ai pas le temps de faire beaucoup de ménage. Venez voir.

Il lui fit visiter les lieux. Vomito, un peu ahuri par l'atmosphère confinée, distingua des monceaux de livres. Puis il s'arrêta, devant une vitrine, et demeura immobile, stupéfait.

— Oui, expliqua Bergeret. C'est ma collection. Une tradition familiale. Forcément, ça demande des soins. Il faudrait les dépoussiérer une à une. Alors je me suis dit, comme c'est votre métier, finalement, que vous pourriez venir me faire quelques heures de ménage de temps en temps, qu'en pensez-vous ?

— Quelques heures de ménage ?

Vomito n'en revenait pas.

— Oui. Oh, pas plus de deux ou trois par semaine. En échange, moi, je veillerai à ce que l'administration du lycée ne vous crée pas d'ennuis, vous comprenez. J'étoufferai les affaires. Alors c'est entendu ? Si vous voulez, je peux même vous prêter des livres.

Thibault Picard était assis tout seul sur un gros banc de bois vert, au fond de la cour. Il lisait et relisait le tract. Le meurtre de Pauline avait de nouveau désorganisé tout le lycée. Les adultes surnageaient, en proie aux tourments de l'angoisse, la directrice trottait dans les couloirs, suivie de Mme Crémieux qui lui parlait à voix basse avec véhémence. Des téléphones sonnaient dans les bureaux. Les parents outrés voulaient savoir s'il fallait boucler leurs enfants à la maison, si l'établissement était sécurisé, si la police faisait son travail.

Le commissaire Gicquiaud avait posté un agent devant l'entrée du lycée mais toutes les écoles de la ville réclamaient aussi la protection de la maréchaussée, on ne s'en sortait pas, plusieurs journalistes voulurent escalader la grille, une jeune femme décoiffée avait tenté de tendre un micro par-dessus le mur tandis qu'un technicien lui faisait la courte-échelle. Les cours étaient suspendus, le temps passait mal. On voyait des visages aux fenêtres des classes.

Adé se dirigea en hésitant vers Thibault, qui ne la remarqua pas tout de suite. Elle finit par s'asseoir à côté de lui. Il leva la tête :

— Tu es dans le collimateur, ma vieille, dit-il en tapotant le papier froissé.

Adé poussa un soupir, et contempla ses vêtements de fashion victime. Sa grand-mère lui avait offert quelques jours plus tôt les derniers perfectionnements pétassiques, un cardigan imitation velours, un jean *bootcut* morphologie mince, qui la boudinait imperceptiblement, une ceinture large et des tennis dos de pigeon.

— Je sais, murmura-t-elle. Et c'est injuste, tu peux me croire.

Elle se tut, à deux doigts de trahir son secret, mais Thibault n'avait rien entendu, ce qui agaça Adé. Il était encore en train de relire ce torchon. Et d'ailleurs, est-ce qu'il avait des leçons à donner, avec son look de pithécanthrope ? Un gros vieux lourd pull s'effondrait en bouloches sur ses épaules concaves, son pantalon évoquait les braies gauloises et ses chaussures des croquenots de croquemitaine. Il était adorable. Il lisait en se frottant le bout du nez. Il répétait : « C'est bizarre. »

— Quoi ? demanda Adé.

Pas de réponse. Un souffle putride passa sur les choses, comme une haleine de vieillarde. Ça venait peut-être d'une usine d'équarrissage, implantée trop près de la ville, ou de l'enfer qui entrebâillait ses portes.

— J'ai l'impression d'avoir déjà entendu quelqu'un parler comme ça, reprit Thibault, qui poursuivait ses réflexions moutonneuses sans s'occuper d'Adé.

Elle se vengea en ne relevant pas sa remarque, mais se mordit les doigts dès qu'il recommença de s'abstraire dans la contemplation du papier.

Tout à coup, elle le lui arracha, en fit une boule et shoota dedans. La chose atterrit dans une flaque noire où elle sembla fondre.

— Tu m'énerves avec ce truc, expliqua Adé. Deux filles sont mortes et on dirait que tu t'en fous, que tu joues au détective.

— Je ne m'en fous pas, protesta Thibault.

— Tout ce qui t'intéresse, c'est l'enquête. Tu n'es pas triste.

— Toi non plus. Tu as peur, c'est tout. De toute façon, je détestais Pauline et Mélanie. Je ne vais pas faire semblant de pleurer.

Il avait raison, mais c'était énervant quand même. Heureusement, le papier, dans sa flaque, formait maintenant un porridge pourri, qui ressemblait aux repas de régime que prenait, tous les trois mois et en vain, la mère d'Adé, dont les formes, par mimétisme sans doute, évoquaient celles de son violoncelle.

— De toute façon, conclut Thibault, je le connais presque par cœur. Et il récita :

« Par ma main s'exercera la justice à laquelle aspirent tous ceux qui, comme moi, s'effraient de voir le monde courir à sa perte. »

Adé sursauta. La voix de Thibault était devenue sifflante, aigre, et donnait aux mots du tueur fou une profondeur et une consistance désagréables. Mais il avait raison. Ainsi prononcés, mis en bouche, ces paroles rappelaient quelqu'un. Elle s'aperçut qu'elle avait agrippé la main du garçon, mais fit mine de ne pas l'avoir remarqué. Aussi bien, lui-même semblait s'en moquer complètement. Il continuait sa déclamation, en fronçant les sourcils :

« Et nous voyons nos villes s'emplir de futures hétaïres, promenant leurs appas naissants sous les yeux d'honnêtes pères de famille. »

Il faisait peur. On se serait cru dans *L'Exorciste*. Adé choisit d'éclater de rire, et Thibault, vexé, lui consacra enfin un peu d'attention.

— Ça ne te dit rien ? demanda-t-il.

Elle réfléchit :

— Si.

— Ce qui signifie, ajouta Thibault, que nous connaissons l'un et l'autre une personne qui s'exprime comme ça.

— Un peu comme ça, nuança Adé. Et je ne dirais pas que je la connais. Je l'ai entendu causer, une ou deux fois, peut-être.

Il la regardait, un peu étonné par la rigueur de sa logique et la clarté de ses propos. Il se doutait bien qu'Adélaïde Manchec n'était pas comme les autres, et il aimait que ses intuitions soient confirmées.

— Adélaïde, dit-il avec solennité.

Elle allait protester, mais constata que, prononcé par Thibault, ce prénom ne lui paraissait plus si ridicule. Il y avait même quelque chose d'émoustillant à s'entendre ainsi nommer Adélaïde par un joli garçon déguenillé.

D'ailleurs, il avait continué à parler, mais elle n'avait rien écouté. Elle lui demanda de répéter, ce qu'il fit avec un peu de mauvaise humeur.

— Il faut que nous établissions une liste de toutes les personnes que nous connaissons tous les deux. Ça ne devrait pas être trop long. Nous ne sommes pas amis.

Elle en convint.

— Donc cette personne fait forcément partie du petit cercle de gens qui se trouvent à la fois dans ta vie et dans la mienne.

Il dessina, de la pointe de sa chaussure, dans la bouillasse, deux ensembles qui présentaient une intersection, comme deux patates entrelacées.

— Ben c'est forcément quelqu'un du lycée, alors, conclut Adé.

— Pas du tout, objecta-t-il. Nous fréquentons aussi, toi et moi, des lieux liés à notre âge, à nos centres d'intérêt. Le muséum d'Histoire naturelle, la bibliothèque municipale, les archives départementales.

Elle le regarda, stupéfaite.

— Non, soupira-t-il. J'oubliais que j'étais entourée d'abruties.

Elle eut envie de lui coller une bonne claque, ou de le jeter dans la flaque, à côté du tract qui achevait de s'y décomposer.

— Attends, c'est pas parce que je ne vais pas au muséum d'histoire naturelle que je suis une abrutie. C'est toi, le phénomène.

Et elle cracha :

— Intello ! Loser !

Il pâlit et lui dit qu'elle l'emmerdait.

Ils se firent la gueule pendant quelques minutes, mais aucun des deux ne quitta le banc.

— D'ailleurs, lança soudain Adé comme si rien n'avait été dit, ça peut très bien être quelqu'un qu'on aurait entendu à la télé.

— Je n'ai pas la télé.

Silence. Il paraissait vraiment vexé. Adé se demanda si, après tout, il n'était pas envisageable qu'elle s'excuse. Elle fit le bilan, les comptes. Oui. C'était elle qui l'avait insulté, après tout.

— Allez, dit-elle, je suis désolée. C'est à cause des meurtres, et aussi parce que tu m'énerves, des fois. C'était ignoble de ma part de te reprocher de… d'être pauvre.

Il la regarda, stupéfait, puis un sourire illumina son visage.

— Je ne suis pas sûr, répondit-il, que le mot s'applique très bien à ma situation. Mon père dirige une entreprise qui crée des logiciels pour la recherche atomique. Nous possédons le manoir de Beauval, et son parc de quatorze hectares. Il y a des chevaux, aussi. Ma mère est morte à Noël, mon père est toujours en voyage d'affaires, je suis élevé par un couple de domestiques.

Le lendemain, le lycée ferma. C'était provisoire, mais, de toute façon, plus personne n'était capable de se concentrer. Des bruits fous couraient. On avait appris que M. Arnoux avait été retenu au poste de police, interrogé pendant des heures. Il n'avait pas d'alibi pour la nuit du meurtre. Il vivait seul dans un petit appartement qui avait été perquisitionné mais les fouilles n'avaient rien donné. Il était toujours en garde à vue. Emma avait appelé Adé.

— Écoute, j'ai peur. J'ai eu une idée. Je voudrais que tu viennes dormir chez moi, cette nuit. J'ai appelé aussi Marjorie et Emilie. Leurs parents sont d'accord. On va toutes dormir dans la même chambre. J'ai trop peur de rester toute seule.

À priori, comme toujours chez Emma, c'était une idée débile. Il n'y avait aucune chance pour que les parents acceptent de se séparer de leurs filles précisément au moment où une vague de meurtres était en passe de décimer les adeptes des soirées pyjama-pizza-séries-télé. Mais à la stupéfaction générale, tous les parents acceptèrent. Mme Legrand les avait réunis juste avant la fermeture du lycée pour leur expliquer qu'il ne fallait pas majorer l'angoisse de leurs filles en les bouclant à double tour. Cela pouvait avoir des conséquences graves sur leur santé et même provoquer des dépressions nerveuses ou des anorexies. Il fallait, au contraire, favoriser tout ce qui pouvait leur permettre de se distraire du cauchemar où l'on se trouvait englouti. Bien sûr, il convenait de prendre toutes les précautions relatives à la sécurité des jeunes filles, et ne pas refuser d'aborder avec elles les questions qui les préoccupaient. Mais surtout pas de comportements paranoïaques. Il était naturel que des adolescents réagissent au drame par des fêtes. C'était leur façon de faire leur deuil.

Résultat : on allait se taper une maxi nuit blanche chez Emma, avec les pires pouffes de la classe, à regarder pour la millième fois *Cœurs à prendre, Gossip School* ou *Sexy Blood*.

Adé fit la grimace. Cette perspective ne lui déplaisait pas tant que ça, au fond. Les derniers événements l'avaient bouleversée. Surtout, peut-être, les informations relatives à la fortune de Thibault. Et M. Arnoux ? C'était impossible. Elle avait voulu témoigner, demander à voir le commissaire Gicquiaud, mais quels éléments aurait-elle pu fournir, à part sa certitude qu'il n'était pas la personne qui parlait comme le tract, et que Thibault et elle étaient persuadés de connaître. Le point positif était que Thibault lui avait donné son numéro de portable, et il était convenu qu'ils devaient s'appeler si « un élément nouveau surgissait ». Mais rien. Rien de plus.

Pour passer ses nerfs, et compte tenu du caractère hautement exceptionnel de la situation, elle obtint de Rod qu'il consente à avancer leur séance de dispute hebdomadaire. On était jeudi, mais tant pis. Ils se ruèrent l'un sur l'autre avec une réjouissante violence. Elle le traita de tous les noms, lui récita des fragments du tract : « hétaïre ! », « libertin ! », « bête à sept têtes ! », « organum diaboli ! ».

L'assassin avait eu au moins le mérite d'enrichir leur répertoire.

Ils s'arrachèrent les habituels cheveux, roulèrent sur les matelas, puis s'allongèrent, côte à côte, pour reprendre leur souffle. C'est alors que Rod raconta à sa sœur l'épisode de l'éléphant, avec Anthony. Il avait finalement renoncé à lui en parler par signes le soir où il était rentré du zoo. Trop lent. Trop intéressant. Information à garder pour lui. Mais maintenant, avec cette série de meurtres, l'anecdote paraissait dérisoire. Elle fit pourtant son petit effet.

— Il a caressé l'éléphant ?

Rod fit une grimace affirmative. Adé s'était redressée sur le coude et le dévisageait. C'était n'importe quoi. On vivait désormais sous le règne du Grand N'importe Quoi.

— Je ne te crois pas, conclut-elle.

Ce fut au tour de Rod de se redresser, furieux, rouge. Il leva la main sur elle mais elle l'arrêta, d'un geste.

— Non, non. Tu as déjà dépassé ton quota de baffes. Fais le signe.

Le « signe » était un geste solennel par lequel on jurait qu'on avait dit la vérité. Adé s'était aperçue que, dans certaines circonstances, il pouvait être vital d'être crue très vite, sans devoir apporter de preuves. Si, par exemple, un accident ridicule survenait, que papa se retrouvait pendu à l'antenne de télé par une jambe de pantalon, suite à un enchaînement extraordinaire de circonstances indescriptibles.

Rod fit le signe, qui consistait à se frotter le ventre en décrivant des cercles, tout en se tapotant l'occiput.

— Dingue, dit Adèle. Mais toi, menaça-t-elle, jamais tu n'essaies de faire la même chose. Sinon je demande aux parents de t'interdire d'aller rendre visite à l'éléphant. Tu ne veux pas finir comme Grand-père ?

Il ronchonna qu'il ne commettrait pas d'imprudences. Adé allait poursuivre ses réflexions sur Anthony, sur l'éléphant, sur Thibault, quand une effroyable pensée la traversa : dans une heure, il faudrait qu'elle soit chez Emma. Mais ses parents ne voudraient jamais qu'elle s'y rende seule, en autobus. Papa exigerait de l'accompagner dans sa voiture. Il allait donc la voir habillée en pouffe. C'était impensable. Elle regarda sa montre. Il lui restait juste le temps d'aller chez Grand-mère enfiler son uniforme. Et ensuite ? Comment faire ?

Il n'y avait pas à hésiter. Les parents n'étaient pas encore rentrés du travail. Elle allait partir maintenant, seule, traverser la ville en dépit de l'interdiction et tant pis pour les conséquences. On voit qu'Adé n'avait pas encore mesuré l'ampleur du drame qui agitait la ville. Combien faut-il de morts pour qu'un être humain comprenne qu'il se passe quelque chose ?

Je l'ai vue, la petite idiote, attendre l'autobus et monter dedans comme si de rien n'était. C'est incroyable. Elle me défie. S'imagine-t-elle que je plaisante ? Ou bien l'avalanche de sottises qui dévale sur notre temps a-t-elle emporté dans sa chute les dernières bribes d'intelligence et de réflexion ? Ces créatures sont décérébrées, si habituées à la provocation qu'elles pensent pouvoir aguicher la mort elle-même.

J'ai suivi l'autobus en voiture et j'ai regardé où elle est descendue. Il m'a semblé qu'elle était moins sûre d'elle quand elle a marché seule dans le quartier désertique. Ce qui ne l'a pas empêchée de balancer avec arrogance ses jeunes seins et de remuer sa croupe comme les pires courtisanes, les pires cocottes de la Rome décadente. Ne t'inquiète pas, ma belle, tu y passeras, toi aussi. Mais pas tout de suite. Tu figures en tête de mon classement. J'exécuterai avant toi les petites gourgandines de ta cour. Je te réserve, à toi, la reine, des supplices plus tardifs. Il me déplaît, cependant, que tu n'aies pas peur de moi. J'ai guetté, tapi dans l'ombre, la porte de la maison où tu es entrée. Je m'en doutais, vous avez organisé une petite fête. Quelle bonne idée ! C'est bien dans la nature des filles perdues que vous êtes, de vous divertir en oubliant les horreurs du monde. Deux de tes pareilles sont arrivées, à leur tour, mais chaperonnées par leurs parents, celles-ci. Des parents inquiets, prudents, qui les tenaient étroitement embrassées, jusqu'à ce qu'elles aient franchi la porte. Cela n'a pas manqué de me réconforter un peu. Puisque, ma petite Adélaïde, tu parais te soucier si peu de ma personne, il va falloir que je me rappelle un peu plus clairement à ton mauvais souvenir.

Je dois avouer que la pensée de ces quatre filles claquemurées dans leur chambre me donne envie de m'amuser. La maison est tranquille, un peu à l'écart des autres et sans vis-à-vis. Il y a sans doute moyen de faire quelque chose. Je vais prendre mes marques, la nuit est tombée maintenant.

— Ne vous inquiétez pas, répéta la mère d'Emma. Je vous assure qu'elle va très bien. Elle est arrivée sans encombre. Ne la grondez pas. C'est difficile, en ce moment.

Après quelques formules de politesse apaisantes, elle raccrocha et sourit à Adé qui affichait une gêne et une confusion de pure forme.

— Tes parents étaient très inquiets, Adélaïde, sourit la mère d'Emma. Il faut être prudente en ce moment, tu sais. Je comprends que tu aies été impatiente de venir, mais tu ne dois plus prendre le bus toute seule à une heure pareille.

Adé promit, et rougit sous son blush. Elle s'en tirait bien. Un sermon, peut-être, le lendemain, mais ses parents étaient déjà rassurés. Ils oubliaient vite. Elle entendait ses trois copines se marrer dans la chambre d'Emma.

La soirée se déroula d'abord assez bien. Elles commencèrent par dire du mal de toutes les autres filles de la classe puis leurs commentaires s'étendirent par capillarité à l'ensemble du lycée. Elles avaient fabriqué des catégories pour classer les garçons : les « sexy-geeks » (jeunes gens arborant quelques avantages physiques mais consacrant trop de temps à leurs ordinateurs), les « beaux-gosses-yaourts » (jolie gueule et corps mou), les « clafoutis attitude » (ceux dont l'acné résistait à tous les traitements), les « geekwinners » (ceux qui parvenaient à transformer en instruments de séduction leurs aptitudes informatiques), les « pue-de-la-gueule », les « aliens » (très moches, un peu arriérés mentaux, affligés de verrues, êtres avec lesquels il est presque impossible de parler), les « glam-cailleras » (mauvais garçons bien faits de leur personne), les « topinambours » (garçons petits à lunettes, coachés par leurs mères, fanatiques de documentaires animaliers, et qui apprennent l'allemand), et les « casse-dalles » (Thibault Picard).

Adé résista au désir de balancer le scoop que Thibault, loin d'être un casse-dalle (enfant dont les parents perçoivent beaucoup d'allocations et d'aides sociales), relevait, en réalité, de la catégorie des « fricards-débraillés » (très proche des « golden-roots », garçons riches et subtilement négligés, qui pratiquent des activités sportives écologiques).

— Le Picard, dit soudain Emma, il commence vraiment à me courir.

Adé se crispa. Quand quelqu'un commençait vraiment à courir Emma, c'était mauvais, très mauvais pour lui.

— Je vais lui coller un flan. Tant pis pour sa gueule.

« Coller un flan » : l'humiliation suprême. On fait semblant de draguer un garçon, on le persuade qu'on

104

est éperdument amoureuse de lui et puis, quand il se déclare, on se tape sur le front, en lui demandant s'il rêve ou quoi, et d'où il croit qu'on va sortir avec vous, compte tenu de la gueule qu'il a.

— Quelqu'un a son portable ? Je vais lui mettre un message.

Elles se regardèrent. Personne, évidemment, n'avait le numéro d'un casse-dalle pareil. Adé avait pris la précaution de l'inscrire dans son répertoire sous le pseudo Columbo. Tout allait bien.

— Pas grave, conclut Emma. Lundi, je le chauffe.

On gratta à la porte de la chambre.

Emilie mit la main sur son cœur : « Le tueur ! » Elles poussèrent de petits cris. Emma ouvrit la porte, c'était Olaf, le chat. Une bête énorme et très douce, indifférente à l'agitation du monde, si poilue qu'on rêvait de se rouler sur elle ou de la pétrir pour passer ses nerfs. Ce que les quatre filles firent l'une après l'autre ou simultanément.

Ça les occupa jusqu'à neuf heures du soir. Le père d'Emma passa la tête par l'embrasure de la porte et vint leur annoncer qu'on allait passer à table. C'était un grand bonhomme assez vieux mais gentil et bien parfumé. Marjo craquait un peu pour lui.

En se rendant à la salle à manger, Adé observa que les volets avaient été soigneusement fermés. Ce détail aurait pu paraître anodin, mais elle se rappelait très bien qu'Emma lui avait révélé avec une certaine fierté que ses parents ne fermaient jamais leurs volets, parce qu'ils vivaient à la cool. Mais là, quelque chose dans l'atmosphère était irrémédiablement pas cool du tout. Olaf, cependant, paraissait tout à fait indifférent à l'inquiétude ambiante. Il passait et repassait entre les pieds des dîneurs, dans l'espoir de récupérer un morceau de n'importe quoi, car ce chat n'était pas difficile. Tout ce qui se mange lui paraissait sympathique et sa conception du comestible était extrêmement large.

Quand il se fut suffisamment gavé de bouts de jambon, de croûtons, de pâtes et de fragments de gruyère, il se dirigea vers la porte d'entrée, puis disparut. Une chatière. C'était la première fois qu'Adé en voyait une. Petit carré de bois qui, en s'entrouvrant, avait laissé voir une seconde la nuit menaçante et fait entrer un peu d'air hivernal. Elle se demanda si un cambrioleur ne pouvait pas s'introduire par la chatière, un cambrioleur contorsionniste, maigre et souple. Mais la chose avait dû être pensée, et prévue.

Elle compara les parents d'Emma aux siens. Elle se demanda si elle ne préférerait pas que sa vie fût plus simple. Avoir, comme Emma, deux consoles, une télé dans sa chambre, s'habiller comme les autres, se poser moins de questions. Mais, au même instant, elle éprouva une profonde nostalgie, eut envie d'être chez elle et de se disputer avec Rod.

C'est un peu plus tard, qu'elle eut une véritable révélation. Il était presque une heure du matin et les quatre filles, en pyjama, avachies sur le lit d'Emma ou sur des matelas d'appoint, commençaient à s'assoupir devant un film dont elles n'avaient pas suivi l'intrigue, parce qu'elles avaient passé leur temps à couper le son pour parler à la place des personnages et leur faire tenir des propos débiles.

Mais tout à coup, un gros type apparut à l'écran. Un méchant, sans doute, une espèce d'ogre barbu, en costume trois-pièces. Les filles sursautèrent : c'était le

106

portrait de M. Bergeret, l'intendant du lycée. Un hasard, bien sûr, mais qui ramena leurs pensées vers les drames des derniers jours. Pourtant, Adé sentit que le malaise qui s'empara d'elle à cet instant n'était pas dû seulement à ces funestes souvenirs. Il y avait autre chose.

D'abord, bizarrement, lui revint l'image de Thibault, et des bribes de leurs dernières conversations. De quoi s'agissait-il, déjà ? Ils avaient parlé de quelqu'un qui s'exprimait comme l'auteur du tract. Et ce quelqu'un, le hasard venait de le mettre sous les yeux d'Adé. Elle en était sûre, maintenant. C'était M. Bergeret.

M. Bergeret était un homme secret, qui sortait peu de son bureau, mais qui inspirait à tout le monde une véritable terreur, à cause de sa sévérité, et de son langage d'un autre âge. On le disait extrêmement cultivé. Son bureau regorgeait de vieux livres reliés plein cuir. Il était avare, aussi, et, pour éviter les dépenses inutiles, ne faisait acheter, pour la cantine, que des produits industriels en grande quantité, insipides, puant la vieille sauce et la chimie. Il refusait, par principe, d'allouer des crédits aux projets qui lui paraissaient démagogiques et Anthony avait dû se fâcher quand il s'était agi d'obtenir des fonds pour partir au ski. Mais à part Anthony, personne n'osait lui tenir tête. Adé se dit qu'en comparaison, cornaquer l'éléphant du zoo paraissait presque facile. Et voici pourquoi Thibault et Adé avaient eu, en lisant le tract, cette impression de déjà vu, ou de déjà entendu : à la fin de l'année scolaire précédente, ils s'étaient trouvés ensemble, dans le couloir, devant le bureau de M. Bergeret, pour lui remettre une attestation quelconque. Et l'intendant, pendant ce temps, réprimandait sauvagement une pauvre fille qui n'avait pas payé sa cantine à temps. Ils avaient entendu des éclats de voix, des mots étranges : « Fille perdue ! », « Impudente ! », « Délurée ! ». La fille était sortie en pleurs. Il s'agissait d'une pouffe de la pire espèce. Virginie Godichet. Elle portait un jogging en velours, un gros collier orné de strass. Elle avait déménagé, peu après.

Quand ils étaient entrés à leur tour dans son bureau, M. Bergeret s'était un peu calmé, mais son visage présentait encore de grosses plaques rouges, comme des inflammations allergiques. Il leur avait parlé avec douceur, d'une voix sifflante, en longues phrases tordues : « Qu'il est agréable d'avoir affaire à d'honnêtes jeunes gens, correctement vêtus, et soucieux de s'acquitter, en temps et en heure, des devoirs qui leur incombent. La jeunesse pense n'avoir que des droits. Il est grand temps que quelqu'un y mette bon ordre. »

À l'époque, heureusement, Adé n'avait pas encore revêtu sa tenue de combat complète, et ressemblait encore un peu à la petite fille sage qu'elle était effectivement.

M. Bergeret. Bien sûr. On le disait passionné par les récits de guerre, proche de certaines organisations d'anciens combattants, nostalgique des colonies, très croyant et partisan de la messe en latin. Le coupable idéal ? Mais justement, Rod lui avait déjà dit que dans la vie, contrairement à ce qui se passe dans les romans policiers, les tueurs en série ne font preuve d'aucune originalité. Ce sont de tristes fous, des maniaques. M. Bergeret, basculant dans la démence, et dégommant les pouffes. Sa position, au cœur d'un établissement scolaire, lui permettait en outre d'obtenir tous les renseignements utiles sur l'identité, l'adresse, les habitudes de ses futures victimes. Il avait pu établir une sorte de palmarès des pouffes qui déterminerait l'ordre des assassinats. Et elle, Adélaïde Manchec, devait figurer en bonne position, depuis qu'elle était devenue, par son art du déguisement, la reine des filles perdues.

Elle eut envie de pleurer. Il fallait prévenir Thibault. Mais elle ne voulait pas que les trois autres soient mêlées à ça. Trop long à expliquer. Et puis, si on la savait en relation avec l'ahuri de la classe, sa réputation s'écroulerait. Elle attendit que tout le monde dorme. Ce fut long. Une heure encore de bavardages et d'éclats de rire. Un canular téléphonique (appeler une vieille dame prise au hasard dans l'annuaire. C'est facile. Il suffit de repérer celles qui s'appellent Régine. Dès qu'elle décroche : tsunami d'injures et de rots exagérés), et puis, avant l'endormissement définitif, serments d'amitié, je vous aime les filles, je vous adore, c'est clair. Je serai toujours là pour vous. Rendez-vous dans vingt ans, jour pour jour, au troisième étage de la Tour Eiffel.

Enfin, Adé put sortir de la chambre. La maison était absolument silencieuse, exception faite des ronflements du père d'Emma. Elle appela, sur son téléphone portable, le dénommé Columbo, et Thibault finit par décrocher, ce qui la ravit. Elle lui expliqua tout, à toute vitesse. Bergeret. Il y eut un silence, puis :

— Bergeret, tu as raison.

Il était de son avis ! Elle se rengorgea, toute seule, dans le noir, pelotonnée au fond d'un canapé inconnu.

— Qu'est-ce qu'on fait, maintenant ? chuchota-t-elle. On prévient la police ?

Nouveau silence.

— Je vais réfléchir, répondit-il d'une voix ferme. Nous n'avons aucune preuve. Si la police l'interroge, il risque d'apprendre qui l'a dénoncé. Et s'ils le relâchent, tu seras en danger.

Elle frémit de plaisir : Thibault se faisait du souci pour elle !

— Je te rappelle plus tard, dit-il. Fais attention à toi.

Elle raccrocha, aux anges, et resta un moment dans le canapé, puis sursauta. Quelque chose venait de claquer, dehors. Comme un pétard. Elle écouta, le cœur battant. Plus rien, puis nouveau bruit, plus discret. La chatière. Elle soupira, soulagée. Le chat était rentré. Elle eut envie de le prendre dans ses bras, de dormir avec lui. Cette grosse boule poilue l'aiderait à trouver le sommeil. Mais quand elle s'approcha de la chatière, elle vit tout de suite que quelque chose clochait. Le chat était allongé de tout son long sur les grandes dalles blanches de l'entrée. Une vague lueur, filtrant des volets, permettait tout juste de le deviner. Il ne bougeait pas.

Adé alluma et poussa un hurlement.

Le chat gisait dans une flaque de sang. Et il n'y avait pas besoin d'être très observateur pour remarquer qu'il était mort d'une seule balle. En pleine tête.

— Au moins, commenta sobrement le commissaire Gicquiaud, ça innocente M. Arnoux.

Il se tenait penché sur le corps d'Olaf. La pauvre bête avait été posée sur la grande table dallée de blanc du médecin légiste, un peu surpris d'avoir à se prononcer sur le décès d'un animal. Le service balistique avait confirmé que la balle extraite de l'innocente petite cervelle était du même modèle que celles qui avaient ôté la vie à Mélanie Barbier et à Pauline Dumas. Très vraisemblablement, les trois projectiles avaient été tirés par la même arme, un Beretta, calibre 7.65, très ordinaire. Quant au médecin, il précisa, à tout hasard, que le chat Olaf n'avait pas subi de sévices, avant ni après son décès.

— L'assassin l'a, si je puis dire, tiré comme un lapin, puis il a jeté le corps dans la maison, par la chatière.

— Cinglé ! commenta Bourdin.

Le commissaire Gicquiaud caressait mécaniquement les longs poils doux d'Olaf.

111

— C'est sans doute un avertissement. Il savait que les quatre filles étaient à l'intérieur. Il faut une protection spéciale pour chacune d'elles. Vous vous en occupez, Bourdin.

Ce dernier tressaillit et acquiesça.

— Il va nous falloir du monde, commissaire, si on doit mettre un homme derrière chaque gamine. À neuf chances sur dix, le fou va en choisir une autre.

— Écoutez, Bourdin, je n'ai pas le choix pour le moment. Demandez des renforts à la préfecture, et abstenez-vous de commenter mes décisions, vous savez que ça me donne la migraine. Est-ce que vous avez avancé sur le téléphone portable ?

Il parlait de celui qui avait sonné dans la poche de M. Arnoux, au moment où ce dernier était interrogé.

— On sait que c'est avec ce téléphone que quelqu'un a appelé la petite Pauline Dumas, juste avant sa mort. Son propriétaire, le jeune Van Grunderbeeck prétend l'avoir oublié au lycée.

— Vous avez vérifié l'alibi de Van Grunderbeeck ?

— C'est un gamin, commissaire. Il dormait chez ses parents, la nuit du meurtre.

— Peut-être, mais vous me le cuisinez un peu pour savoir s'il ne s'intéresse pas, par hasard, aux Beretta 7.65. On en a vu, des gamins, comme vous dites, qui faisaient des cartons sur leurs petits camarades. Et qui a appelé Arnoux avec ce téléphone, quand il était au commissariat ?

— L'appel provient d'une cabine située à l'angle de la rue Le Dantec et de la rue Marcel-Sembat.

— C'est tout près du commissariat !

— Cinq cents mètres, commissaire.

Gicquiaud se frotta les tempes. Il sentait venir la migraine, malgré tous ses efforts pour rester calme. Il essaya de pratiquer la respiration abdominale, puis commanda un café. Bourdin l'énervait, c'était physique.

— Avez-vous recherché des témoins susceptibles d'identifier un suspect qui aurait passé un coup de fil depuis cette cabine à cette heure-là ?

Bourdin haussa les épaules.

— Personne, commissaire. Pas de commerces à proximité. Ce sont de petites rues, peu passantes.

Gicquiaud soupira.

— Donc, si je résume, et si l'on exclut que le jeune Van Grunderbeeck soit un psychopathe précoce, l'assassin récupère son téléphone portable au lycée, ou le lui vole. Bien. Ensuite, il appelle la petite Dumas en se faisant passer pour Van Grunderbeeck. Le lendemain du meurtre, il glisse l'engin dans la poche de M. Arnoux puis passe un coup de fil précisément au moment où on l'interroge. Qu'est-ce que c'est que ce cirque ?

— C'est un dingue, commissaire.

— Peut-être, Bourdin, mais un dingue intelligent, qui s'amuse avec nous et joue à brouiller les pistes.

— Excusez-moi, commissaire, s'enquit Bourdin, ça existe, les dingues intelligents ?

— Pourquoi pas, Bourdin, certaines personnes normales sont bien complètement stupides.

Bourdin pâlit.

— Vous dites ça pour moi, commissaire ?

— Pas du tout, Bourdin. Je n'ai jamais prétendu que vous étiez normal. Il arrive ce café ?

— Je ne comprends pas, répéta Adé, pourquoi tu ne veux pas prévenir la police.

Thibault leva les yeux au ciel.

— Parce que nous n'avons pas la moindre preuve.

— C'est débile. On n'est pas là pour fournir des preuves. On a des soupçons, ça suffit.

Thibault, debout sous le platane de la cour, shoota dans une pelure d'orange. Personne ne semblait s'intéresser au fait qu'Adé et lui se permettaient maintenant d'interminables conciliabules. En d'autres temps, ces tête-à-tête auraient fait jaser, mais l'ambiance au lycée Mendès-France était sérieusement plombée. D'ailleurs, les trois favorites d'Adé, traumatisées par la mort d'Olaf, étaient restées chez elles, sous la surveillance discrète d'un policier en civil. Malgré les protestations de ses parents, Adé avait tenu à se rendre au lycée, parce qu'elle avait peur de devenir folle si elle restait enfermée à ruminer. On avait cédé, comme toujours.

Le lycée lui-même était gardé par des gendarmes, qui contrôlaient les entrées et les sorties. Deux autres agents patrouillaient dans la cour et dans les couloirs. Le faisceau d'indices recueillis indiquait que l'assassin connaissait très bien le lycée et pouvait très bien être un membre du personnel. Cette information n'avait pas été diffusée, mais circulait sous le manteau. Les adultes se regardaient de travers, et beaucoup de parents avaient gardé leurs enfants chez eux. Les cours, complètement désorganisés, se réduisaient à de longs palabres entre professeurs et élèves.

En fait, seuls M. Arnoux et Anthony continuaient à travailler comme avant, conscients que leur fermeté rassurait les enfants. Le prof de sport, à qui l'on avait demandé, par précaution, de ne pas utiliser le gymnase, situé à l'extérieur du lycée, tournait dans la cour, suivi de kyrielles d'adolescents épuisés par sa vigueur, et tâchait de leur faire oublier leurs idées noires à coups d'étirements et de flexions. Quant à M. Arnoux, il racontait des histoires, des mythes anciens, des légendes où des chevaliers luttaient contre la mort. Les récréations étaient plus longues et plus fréquentes que d'habitude, comme à l'approche des grandes vacances. L'intendant, M. Bergeret, ne quittait pas son bureau situé au rez-de-chaussée. L'on voyait son profil trapu se découper en ombre chinoise derrière les rideaux bleutés.

— Je n'aime pas la police, expliqua Thibault.

Adé ouvrit deux grands yeux interrogatifs.

— Les flics sont toujours au service du pouvoir. Même si c'est la pire des dictatures.

— C'est drôle, répondit Adé, de la part du fils d'un grand patron.

— Et alors ? Je suis obligé de partager les opinions de mon père ?

Il montra ses vêtements dépenaillés.

— Tu crois que ça lui fait plaisir de me voir habillé comme ça ? Tu crois qu'il n'aurait pas voulu m'inscrire dans un établissement privé ?

— Je vois, sourit Adé. Tu es un rebelle. Un gentil petit rebelle qui rentre chez lui tous les soirs et profite du confort de la grande maison de son papa patron.

Thibault frappa du poing le tronc du platane.

— Au moins, moi, je ne m'habille pas comme une…

Il désigna Adé avec dégoût.

— Et en tout cas, reprit-il, je ne dénoncerai pas quelqu'un à la police sans avoir des preuves solides.

Vexée, Adé rajusta son justaucorps sous son blouson de marque.

— Et comment veux-tu obtenir des preuves ?

— Je vais aller fouiller chez Bergeret.

Adé se frappa le front théâtralement.

— Et voilà ! Monsieur est un héros. Monsieur se croit dans un livre. Tu as six ans ou quoi ?

— J'ai réfléchi, répondit sobrement Thibault. Bergeret habite à trois rues du lycée, dans un petit appartement. Je l'ai suivi, l'autre jour. Il vit seul. Il suffit d'y aller pendant qu'il bosse, c'est-à-dire pendant la journée.

— Très bien, et pour entrer chez lui, tu traverses le mur ?

Thibault sortit de sa poche une petite clé.

— Je lui ai piqué sa clé, dans son bureau, pendant qu'il allait aux toilettes, hier. Il va souvent aux toilettes et y passe des heures, tu as remarqué ?

Adé n'avait pas remarqué. Elle était interloquée.

117

— Je l'ai fait refaire entre midi et deux heures, pendant que vous étiez à la cantine.

Thibault ne mangeait pas à la cantine, effectivement. Adé se le rappela. M. Bergeret, en revanche, était connu pour y déjeuner chaque jour, et veiller à ce que personne ne s'attribue une tranche de pain supplémentaire, ou essaie de gruger pour avoir deux desserts.

— Et puis, l'après-midi, je suis retourné dans son bureau, j'ai remis la clé à son trousseau, dans la poche de son manteau.

— Mais c'est n'importe quoi, souffla Adé, partagée entre l'admiration, l'agacement et l'incrédulité.

— Ce n'est pas n'importe quoi. Tout est possible, à deux conditions : rester calme et entreprendre des actions auxquelles personne ne pense.

— Par exemple ?

Thibault fouilla ses poches et en tira divers objets, aussi familiers qu'incongrus.

— Voici le porte-clés de la directrice, les lunettes de la CPE, une petite chouette en métal appartenant à M. Arnoux et…

Adé poussa un cri. Elle reconnut une jolie bague qu'elle croyait avoir perdue depuis longtemps. Thibault rougit un peu et poursuivit :

— Tu vois. Si personne ne soupçonne qu'on va lui voler quelque chose, c'est très facile. Ensuite, généralement, je vais remettre les objets à leur place.

Adé lui arracha sa bague, avant qu'il ne la fourre à nouveau dans sa poche crasseuse.

— Tu es un maniaque, en fait. Un kleptomane.

— Pas du tout. Les kleptomanes sont des malades,

qui pratiquent le vol parce qu'ils ne peuvent s'en empêcher. Moi, je me lance des défis.

— Mais pourquoi ?

Il fit un geste vague.

— Le monde est trop banal. Il faut le faire dérailler. En tout cas, demain, je visite l'appartement de Bergeret. Entre midi et deux heures.

— Je viens avec toi, dit Adé.

— Impossible. Tu ne peux pas t'absenter. Et puis tu es surveillée par un flic.

— C'est très simple, au contraire. Je vais dire à mes parents que je suis malade. Ils me laisseront chez ma grand-mère, qui fait tout ce que je veux. En plus, elle est un peu… diminuée, elle ne se rend pas bien compte de ce qui se passe. Je te retrouve à midi devant chez Bergeret. Donne-moi l'adresse.

— Hors de question.

— Très bien. Je vais aller voir la mère Crémieux et lui expliquer que le gentil Thibault Picard s'amuse à garder ses lunettes en otage.

— Écoute, Adé, dit Thibault, très rouge. Je crois que…

— Quoi ?

— Je crois que je suis un peu amoureux de toi.

— Je sais. Donne-moi l'adresse.

Adé pressa le pas. Elle en était sûre, maintenant, on la suivait. C'était trop bête. Elle avait juste eu besoin de ne pas rentrer directement chez elle, après être descendue de l'autobus. Elle s'était autorisé un simple crochet, par un quartier qu'elle aimait bien, et qui finissait dans un grand terrain herbeux où les enfants venaient jouer au foot. Elle se trouvait, pour le moment, dans un lacis de petits chemins creux qui séparaient des jardins ouvriers, vides et noirs sous les nuages d'hiver. Et, la deuxième fois, quand elle s'était arrêtée pour écouter, elle avait entendu un pas spongieux dans la terre.

Elle se dit qu'elle connaissait bien le coin. Mieux que son éventuel agresseur. Elle possédait un excellent sens de l'orientation. Rod la surnommait le GPS. Elle ferma les yeux, le temps de former dans son esprit une sorte d'image satellite du coin où elle se trouvait. À cent mètres de là, il y avait une palissade sous laquelle elle pouvait se glisser. Ensuite, on traversait un petit verger où Rod et elle venaient quelquefois, en été, piquer des pêches. On sortait du verger par un trou dans la haie d'épineux, et ensuite, on gagnait assez vite la rue Jaurès au bout de laquelle il y avait un bar. Si elle se mettait à courir maintenant, sans se retourner, elle atteindrait le bar en moins de cinq minutes.

Elle tourna très lentement la tête, sans se retourner franchement, et sans ralentir. Objectif : la palissade. Son estomac devint une boule dure. Elle avait eu le temps d'apercevoir, dans la zone floue de ses cils embrouillés, une silhouette qui se cachait derrière un arbre. Il lui sembla voir remuer les pans d'un manteau noir. Elle essaya d'accélérer lentement, ce qui se révéla complexe. Où avait-elle déjà vu cette silhouette ? La palissade était toute proche, maintenant.

Elle prit son élan, se mit à courir. Aussitôt, derrière elle, des pas lourds écrasèrent la boue. Alors Adé perdit les pédales. Elle eut plusieurs idées en même temps : se retourner pour voir qui était l'assassin, se jeter à plat ventre (pourquoi ? Elle ne le savait pas. Peut-être pour atteindre la palissade en rampant, mais ça n'avait aucun sens). Elle fouilla dans ses poches, aussi, pour attraper son portable et appeler Columbo. Le résultat de tous ces gestes contradictoires fut qu'elle s'étala de tout son long sur le sol détrempé. Son portable roula au loin. Elle entendit une respiration lourde puis une voix sifflante :

— Tu vas mourir ! Courtisane ! Courtisane !

Elle protégea son visage de ses bras repliés, se ramassa en fœtus, ne vit pas sa vie défiler, attendit.

Elle finit par ouvrir un œil et se trouva nez à nez avec un pied énorme, chaussé de souliers militaires.

Puis elle sentit qu'on l'attrapait par le col, qu'on la soulevait. Elle se trouva face à une tête cagoulée.

— Tu vas crever, courtisane, articula une bouche putride derrière les mailles épaisses de la cagoule.

Puis rien ne se passa. La pression des doigts gantés sur son cou se relâcha. Elle pensa que son agresseur ne portait pas d'arme. Et puis un autre détail la frappa tout à coup : l'odeur. Elle venait de la reconnaître. Les vêtements de l'homme en étaient imprégnés.

— Vomito ?

L'homme s'immobilisa, et lâcha Adé. Il parut hésiter puis, très lentement, leva une main, l'approcha de son visage et arracha sa cagoule. La figure dépitée de l'agent d'entretien jaillit.

— C'est vous l'assassin, Vomito ?

Et, sans transition, elle éclata d'un rire sauvage. Vomito. Alors ça, c'était vraiment la meilleure ! Vexé, l'homme tordait sa cagoule dans ses gros gants de motard.

— J'ai voulu te faire peur. À cause de l'autre fois, pleurnicha-t-il. Je suis foutu, maintenant.

— Vomito ! répéta Adé en essayant d'éteindre son fou rire. C'est génial.

Elle l'imita : « Tu vas crever, créature ! » Bravo. J'y ai presque cru.

Puis elle devint sérieuse et le regarda dans les yeux.

— Je vous comprends. Je comprends que vous ayez fait ça. Je ne le dirai à personne, c'est promis. Mais je voudrais vous dire quelque chose de très important.

Elle s'approcha un peu :

— Je ne suis pas comme elles, vous comprenez.

Comme les autres filles. Je fais semblant. Est-ce que vous me croyez ?

Vomito se dandina.

— Dites-moi que vous me croyez.

— Honnêtement ?

— Oui. Dites-moi ce que vous pensez. Je vous promets que je ne dirai rien à la police.

— Je crois que vous êtes exactement comme elles.

Quand Adé, le lendemain, se plaignit de nausées et de maux de ventre, quand elle eut obtenu (très facilement) l'autorisation de ne pas se rendre au lycée et de rester chez grand-mère, il se produisit un contre-temps. Rod déclara que, lui non plus, ne voulait pas aller à l'école.

— Mais pourquoi ? s'inquiétèrent les parents.

— Moi aussi, j'ai mal au cœur (il émit un hoquet maladroit).

— Menteur ! cria Adé, furieuse.

— Pas du tout. Je suis perturbé, à cause des événements.

Adé ravala sa colère. À la moindre occasion, ce petit simulateur prétextait qu'il avait mal au cœur. C'était le champion des gastro-entérites en série. Sa mère lui avait acheté une bassine spéciale, qu'elle apportait dès qu'il commençait ses grimaces. On soupira, mais il fallut céder. Les deux enfants furent conduits chez leur grand-mère, et l'agent Palamède prit sa faction devant la maisonnette, après avoir informé le commissaire.

Grand-mère paraissait très heureuse de pouvoir profiter tout un jour de ses petits-enfants. Mais ils perçurent assez vite qu'elle n'était pas comme d'habitude, ou plutôt qu'elle avait changé, glissé, qu'elle était déjà, un peu, *quelqu'un d'autre*.

— Je vous prépare un chocolat, annonça-t-elle.

Ils sourirent. Le chocolat de Grand-mère était l'équivalent culinaire d'un bel après-midi à la plage. Ils la regardèrent surveiller attentivement la cuisson du lait, incorporer, peu à peu, le cacao amer qu'elle se procurait depuis toujours chez le même épicier. Le parfum joyeux flotta dans la cuisine, et ressuscita les meilleurs moments de leur petite enfance. Puis Grand-mère vida dans la casserole une demi-louche de gros sel.

— Sinon, expliqua-t-elle, le poisson est fade.

Avec les mains, Adé ordonna à Rod de ne rien dire, de ne pas protester, et d'avaler la mixture sans broncher. Au moins, il aurait des raisons de souffrir de l'estomac. Rod, pliant et dépliant frénétiquement les doigts, tenta de s'insurger, de poser des questions.

« Ça lui ferait trop de peine », expliqua Adé, d'un geste ferme.

Ils burent. Puis Rod se leva et courut à la salle de bain boire un litre d'eau.

— Il est un peu malade, expliqua Adé en grimaçant.

— Pas étonnant, approuva grand-mère. Avec toutes ces histoires.

— Quelles histoires ? s'enquit Adé avec une innocence feinte, pour tester un peu le degré de conscience de son aïeule.

Cette dernière se leva, un doigt sur la bouche et s'approcha de la fenêtre en faisant signe à sa petite fille de venir voir. Celle-ci s'exécuta. Grand-mère écarta un peu le rideau et indiqua la silhouette renfrognée de l'agent Palamède, toujours debout près de la porte d'entrée.

— La guerre, chuchota Grand-mère.

Et elle resta un moment, plongée dans la contemplation de ce paysage menaçant.

Adé comprit que ses parents, pour l'épargner, comme d'habitude, lui avaient caché la progression du mal qui grignotait la mémoire de Grand-mère. Elle se sentit triste et furieuse contre ses parents, tout en luttant contre l'idée qu'elle aurait fait la même chose à leur place. Elle eut cependant la présence d'esprit de vider son chocolat salé dans l'évier.

Au bout d'un long moment, Grand-mère quitta la fenêtre et se dirigea, d'un pas de somnambule, vers le salon. Elle s'assit brutalement dans le canapé où Rod avait pris place, pour se remettre de ses déconvenues digestives.

— C'est l'heure de la sieste, dit-elle. Il faut dormir, les enfants.

Adé regarda sa montre. Dix heures. Dans deux heures, il fallait qu'elle rejoigne Thibault et elle ne voyait pas comment elle allait se dépêtrer de son crétin de petit frère. Quand elle jeta de nouveau un coup d'œil vers Grand-mère, celle-ci ronflait en remuant mollement sa lèvre inférieure. Adé quitta la pièce.

— Où tu vas ? demanda Rod en lui filant le train, à petits pas agaçants.

Elle ne répondit pas et monta directement au

grenier où se trouvaient tous ses vêtements de pétasse. Rod l'y suivit.

Elle se demanda pourquoi elle était montée là. Un réflexe, probablement. Depuis des mois, elle ne venait chez Grand-mère que pour se costumer, sans se rendre compte des avancées de la maladie. Au fond, elle était une pauvre égoïste. Est-ce que cette obsession d'avoir l'air comme tout le monde justifiait de passer à côté de l'essentiel ? Et si elle ne s'était pas vêtue comme une midinette, peut-être que Thibault serait tombé amoureux d'elle, peut-être qu'elle serait hors de portée des balles du tueur.

— Tout à l'heure, dit-elle à Rod, il faudra absolument que je sorte. Ne me demande pas pourquoi. J'ai un rendez-vous.

— Je viens avec toi, coupa Rod.

Ce gosse était une malédiction. Une vengeance des dieux.

— C'est hors de question !

— Pourquoi ? C'est un rendez-vous amoureux ?

Elle rougit de rage. Il n'y avait pas à hésiter :

— Oui, avoua-t-elle. Tu veux tenir la chandelle ?

Rod ne connaissait pas l'expression. Il ricana et répéta, vingt fois de suite, avec une voix de fausset hystérique :

— Sékisékisékisékisékiséki ?

Elle faillit lui allonger la baffe de sa vie, mais il leva un doigt.

— Hep ! Attends vendredi sinon tu déclenches la guerre mondiale entre nous.

Elle se contint. Elle savait qu'il était capable de tout, et que si elle rompait le pacte du vendredi, il était capable de mettre une souris morte sous son orciller. Furieuse, elle attrapa une espèce de vieux rideau qui pendait, et se mit à tirer dessus en trépignant. Le rideau s'écroula sur le sol, dévoilant un bric-à-brac de vieux vêtements et d'objets soigneusement rangés.

— Qu'est-ce que c'est que ça ? demanda Rod.

— Les affaires de Grand-père !

Effectivement, ils étaient tombés sur l'endroit où Grand-mère conservait avec amour tous les objets de son défunt mari, ses manteaux, suspendus à des cintres sur un portant, ses chapeaux, sa machine à écrire, ses affaires de toilette, son blaireau, son rasoir. Et l'appareil photo que la compagnie d'assurance avait payé pour remplacer l'autre, écrasé par l'éléphant.

Rod se figea. Il avait complètement oublié le reste du monde. Ce fatras allait lui fournir, c'était sûr, des tonnes d'indices nouveaux pour éclaircir la mort de Grand-père. Il eut honte de n'avoir pas osé fouiller plus tôt le grenier. Mais l'endroit, quand il s'y rendait seul, lui fichait une trouille horrible, et il n'aurait jamais osé l'avouer à sa sœur, ni lui demander de l'y accompagner.

Il contempla le tas de reliques. Il en était sûr, l'un de ces éléments avait provoqué la colère de l'éléphant. Peut-être l'affreux tissu des chemises de Grand-père, qui était de nature à offenser les goûts d'une créature plus raffinée qu'on se l'imaginait. Il s'approcha, et huma la manche d'un vieux manteau en lainage pied-de-poule. Ça sentait la naphtaline et la poussière sucrée.

Adé, quant à elle, s'était emparée du rasoir. Un antique rasoir à manche d'ivoire, dont la lame se pliait. Elle se dit qu'il pourrait peut-être lui servir à

se défendre. Elle le glissa dans sa poche. Mais Rod
l'avait vue.

— Qu'est-ce que tu veux en faire ? C'est pour ta
moustache ?

Nouvelle impulsion, irrépressible. Envie de tran-
cher le cou de ce môme, d'un seul coup sanglant.
Respiration abdominale. Garder son calme. Après
tout, puisqu'elle risquait, sous peu, d'être confrontée
à un tueur en série, Rod pouvait constituer un excellent exercice de maîtrise de soi.

— Écoute, Rod, c'est plus sérieux que tu le crois.

Qu'est-ce qui lui arrivait ? En recouvrant ses
esprits, elle avait mesuré, d'un coup, la gravité de la
situation. Elle s'apprêtait à s'introduire dans la maison
d'un fou qui avait déjà tué deux pouffes et un chat
innocent. Il fallait que Rod soit au courant et puisse
avertir quelqu'un, si ça tournait mal. Elle lui fit signe
de s'approcher et lui raconta tout.

Il devint grave et blanc.

— Je viens avec vous.

Elle ne put s'empêcher de sourire. Ce morpion
avait du cœur.

— Non, Rod, il vaut mieux que...

Et puis, après tout, pourquoi pas ? Il pourrait faire
le guet devant l'appartement. S'il arrivait quelque chose
à Rod, ses parents ne le lui pardonneraient jamais.
Quoique. Peut-être qu'ils le lui pardonneraient, finalement, et qu'elle aurait ensuite ses parents pour elle
toute seule. Quoi ? N'importe quoi. Elle chassa ces
pensées coupables. Le petit garçon la contemplait, avec
ses yeux d'ange. Elle était un monstre.

— D'accord. Après tout. Tu feras le guet.

— Mais qu'est-ce qu'on va dire à Grand-mère ?

— On va lui dire qu'on va à l'école. Je crois qu'elle ne se rend plus bien compte.

— Et le flic ?

— Aucun problème. On sortira par la porte de la cave.

Il s'agissait d'une sorte de soupirail qui servait autrefois à livrer le charbon. Il permettait de sortir sans être vu et de se retrouver dans la rue Jules-Guesde, qui passait derrière la maison. Le policier ne se douterait de rien.

Tout se passa encore plus facilement que prévu. Vers onze heures et demie, Grand-mère dormait encore. Elle avait dû se réveiller car la télévision était allumée, son coupé. Des candidats s'y efforçaient de découvrir des mots, cachés dans une grille.

— On sort sans rien dire, chuchota Adé. Si ça se trouve, elle a déjà oublié qu'on était là.

Et ils filèrent, descendirent à la cave, déverrouillèrent le soupirail et se retrouvèrent dans la rue Jules-Guesde. Ils coururent jusqu'à l'arrêt de bus. Adé n'avait pas revêtu son costume de collégienne et portait un grand manteau dont elle avait rabattu la capuche sur sa tête. Si elle croisait une de ses connaissances – ce qui risquait peu d'arriver – elle pouvait n'être pas identifiée. Elle palpait, de temps en temps, le rasoir replié dans sa poche. Rod la suivait, d'un air important et préoccupé.

Ils descendirent à quelques rues de chez Bergeret, l'intendant criminel.

— Dépêche-toi, ordonna Adé à Rod, moins parce

qu'ils étaient en retard que pour lui rappeler qu'elle était le chef, et qu'il n'avait pas intérêt à poser de problèmes.

D'ailleurs, le petit garçon n'en avait aucunement l'intention. Dans cette ville immense, il paraissait vulnérable. Adé eut un peu pitié de lui.

Quand Thibault les vit arriver, il fronça les sourcils. Il s'était assis sur un banc public, à quelques mètres du porche de l'immeuble de Bergeret.

— C'est mon petit frère, expliqua Adé avant qu'il ne proteste. Pas pu faire autrement. Il pourra guetter, dans le hall, au cas où Bergeret rentrerait à l'improviste.

Thibault se frotta le front.

— C'est idiot. Ça complique tout.

— Bonjour, dit Rod en tendant une main virile à Thibault. Je m'appelle Rodrigue. Vous êtes le petit ami d'Adélaïde ?

La question eut le mérite de neutraliser Thibault, qui regarda sa montre.

— Il faut y aller. Les gens vont se demander ce qu'on fait au milieu du trottoir.

Mais il n'y avait pas de gens pour se demander quoi que ce soit. Une petite pluie commençait à tomber. Ils pénétrèrent sous le porche. C'était un vieil immeuble, sans interphone.

Ils montèrent silencieusement l'escalier poussiéreux. C'était au troisième. Adé craignait un peu qu'il y ait une deuxième serrure, ou un verrou de sécurité, mais Thibault réussit sans problème à ouvrir la porte. Et il se passa cette chose d'une extraordinaire simplicité : ils se retrouvèrent tous les trois dans le vestibule obscur de M. Bergeret, intendant du lycée Mendès France. Il était midi onze.

— Je croyais que ton frère devait rester en bas, pour faire le guet, murmura Thibault.

— C'était une mauvaise idée, répondit Rod, du tac au tac. Tout le monde se serait demandé ce que je faisais dans le hall de l'immeuble. Et même si le type était revenu, comment je vous aurais prévenus ?

C'était juste.

— Bon, soupira Thibault, alors ne bouge pas trop, ne casse rien.

— Il vaut mieux que je vous aide, objecta Rod. Qu'est-ce qu'on cherche ?

— Des preuves.

La discussion était close et les volets, bizarrement, fermés. L'air du dehors, introduit dans les lieux par les trois visiteurs, se mêlait à une sorte d'aigreur, lourdement parfumée d'antimite. On ne parlait plus. La porte de la cuisine, ornée en son centre d'un tablier suspendu à un petit crochet métallique, se découpait sur le cadre plus sombre de son chambranle. Lointaine, une cloche sonna deux coups harassés.

Pendant ce temps, les trois complices pénétraient dans un débarras moquetté, contigu au salon qui dormait derrière deux battants percés de carreaux translucides, régulièrement disposés. Thibault mit un doigt sur sa bouche, comme pour s'assurer que les deux autres, dans un invraisemblable accès d'étourderie, n'allaient pas se mettre à chanter.

Ils s'engagèrent dans le salon. Ce qui les y frappa fut l'abondance d'objets exotiques, statuettes, figurines, masques, bijoux, peaux, cailloux, outils, vases, tissus, un à un éclairés par le faisceau d'une petite torche qu'entretemps Thibault avait tirée de sa poche. Diverses hypothèses traversèrent les esprits des petits cambrioleurs, relatives au passé de l'intendant, passé fait d'Afrique, de déserts, d'ambassades.

Au mur s'encadrait la photographie d'une femme qui posait avec la certitude que ce cliché serait son portrait posthume officiel. Elle avait l'âge auquel on dit de vous : « C'est bien elle », avant lequel vous n'êtes que le brouillon de vous-même, après lequel on trouve que vous aviez vieilli. Un sourire mystérieux y flottait sous un nez tordu, sur fond de pyramides.

Un peu plus bas, sur la cheminée, ornée, en petit format, du même portrait, une urne funéraire, une paire de lunettes d'écailles et une alliance. Les doubles rideaux balançaient imperceptiblement d'énormes plis. Au long des parois tendues d'un tissu saumon, moelleux à l'œil, se promenait la torche minutieuse de Thibault, à laquelle n'échappait aucun élément du décor.

Finalement, Thibault fit un pas et désigna une chose jaunâtre, qui contribuait avec d'autres, à encombrer un petit guéridon. À ses côtés immédiats figurait une améthyste et deux petites roses des sables. Thibault fit un pas de plus et saisit délicatement la chose jaune qui, à la lumière de la torche, révéla qu'elle était une grosse et épouvantablement cariée dent de chameau. Ils l'examinèrent sous tous ses nombreux angles, plongeant l'œil jusqu'aux tréfonds, à l'emplacement de la pulpe depuis longtemps décomposée. Rod, le premier, hocha la tête, Adé l'imita et l'on se retira doucement du salon, s'arrangeant pour réduire autant que possible son poids de manière à ne pas imprimer dans la moquette trop profondément ses empreintes. La torche balaya une dernière fois la décoration de la pièce, et s'attarda sur la tristesse du sourire photographié.

Tout à coup, ils s'aperçurent que le chat de Bergeret les observait avec une stupéfaction blasée. Ce monstre avait un chat et tuait ceux des autres. Ils frissonnèrent.

— Pourquoi tu n'allumes pas, plutôt que d'utiliser une torche ? demanda Rod.

Thibault haussa les épaules :

— Quelqu'un pourrait voir la lumière, de l'extérieur.

Adé sourit. Les grandes théories de Thibault sur la police n'étaient qu'un prétexte pour jouer à l'aventurier dans des appartements inconnus. La torche était un élément purement romanesque. En attendant, ils ne trouvaient pas grand-chose.

Mais tout changea quand ils pénétrèrent dans une petite pièce surchargée de livres, qui était probablement le cabinet de travail de Bergeret. Ce qu'ils virent les fit se serrer instinctivement les uns contre les autres, et Adé aima beaucoup le parfum léger de Thibault, qui s'échappait de son vieux pull à grosses mailles. Le faisceau de la torche éclaira d'abord, dans une vitrine, une collection d'armes à feu de toutes tailles, de toutes époques et de tous modèles. Juste à côté s'alignaient des casques de soldats, apparemment classés par ordre chronologique. Au mur, le rond de lumière accrocha les lorgnons d'hommes austères, des généraux croulant sous les décorations. Quant à la bibliothèque, elle comportait des ouvrages de stratégie militaire, d'énormes volumes reliés plein cuir, et aussi des livres de Maurice Pujo, d'Henri Vaugeois, de Charles Maurras, les fondateurs de l'Action Française.

— Un parti politique d'extrême droite, expliqua sommairement Thibault.

Ils découvrirent aussi de gros bouquins portant sur les Pères de l'Église, sur la décadence de la civilisation occidentale sous l'influence des Juifs, et surtout, rassemblés sur un rayon, des textes sur les femmes : *De la bonté et de la mauvaiseté des femmes* par Jean Marconville, première édition de 1564, *La patience de Griselidis, Le miroir des femmes vertueuses, La méchanceté des filles.*

Thibault sortit alors un petit appareil photo numérique et se mit à mitrailler les murs, les livres, les papiers épars sur le bureau. Adé qui, justement, compulsait des liasses de feuilles, poussa un cri. Elle était tombée sur une liste d'élèves du lycée. Divers noms de filles étaient surlignés en rouge, dont ceux des deux victimes du tueur.

— On l'embarque, dit Thibault en pliant précautionneusement le document, qu'il fourra dans sa poche.

Après quoi, il regarda sa montre et dit, solennellement :

— C'est suffisant, je crois. Nous n'avons plus rien à faire ici.

Moins de cinq minutes plus tard, ils clignaient des yeux dans la pâle lumière de la rue. La pluie avait cessé. Quelques passants lancèrent un regard surpris à ce groupe insolite, planté au milieu du trottoir.

— Et maintenant ? demanda Adé à Thibault.

— Maintenant, je vais faire développer les clichés dans la galerie marchande d'une grande surface, et je vais envoyer le tout au commissaire Gicquiaud, avec une lettre d'explication et le document original trouvé chez Bergeret.

— C'est sûr que c'est lui, alors ? s'enquit Rod qui aimait les réponses claires et définitives.

— Rien n'est sûr. Il faut se méfier des évidences. Ce qui est clair, c'est que ce type partage les convictions de l'assassin, et possède suffisamment d'armes pour exterminer toutes les filles de la ville.

— Et la liste ? Ce n'est pas une preuve, ça ?

— C'est troublant, oui.

Ils marchaient vite. À l'arrêt de bus, ils se séparèrent. Adé craignait que Grand-mère ne se réveille et n'alerte ses parents.

— Je m'occupe de tout, dit Thibault. Merci de votre aide. Je vous tiens au courant.

Dans l'autobus, Adé rêvassa en souriant. Thibault était un héros. Rod, distrait par l'aventure, ne songea pas à se moquer d'elle.

Ils parvinrent sans encombre à réintégrer la maison de Grand-mère par le soupirail, qu'ils n'avaient pas fermé. Ils purent constater, en jetant un coup d'œil par la fenêtre, que l'agent Palamède n'avait pas quitté son poste. Ils trouvèrent Grand-mère dans la cuisine, souriante et rose.

— Bonne sieste ? demanda-t-elle. Regardez, je vous ai préparé quelque chose qui va vous faire plaisir. Ça fait des années que je n'en avais pas fait.

Et elle leur montra deux grands bols de chocolat fumant, d'où s'exhalait une alarmante odeur de vinaigre.

— Reprenons, dit le commissaire.

Bergeret soupira. C'était un homme très laid. Le commissaire Gicquiaud préférait que les méchants soient très laids. Il lui était toujours désagréable d'envoyer en prison pour vingt ans une jolie meurtrière sexy, par exemple. Le gros Bergeret ne manquerait à personne. Il était désagréable, déplaisant à regarder. Des miettes parsemaient sa barbe, et des pellicules ses épaules. Il avait de longues oreilles sans cartilages, un front bas et lourd, des narines comme des puits à l'envers.

Le seul problème, c'est qu'il était innocent. Du moins, l'instinct du commissaire Gicquiaud le lui soufflait : ce gros homme était innocent, malgré sa laideur, sa méchanceté, sa pingrerie, ses vêtements navrants et l'aigre odeur qui, par bouffées, s'échappait de ses aisselles.

Certes, il n'avait aucun alibi. Certes, une enquête rapide avait révélé qu'il fréquentait tous les dimanches un club de tir, qu'il était chasseur et décapitait un lièvre à plusieurs centaines de mètres, avec son fusil à lunette. On avait appris aussi qu'il était proche de plusieurs organisations nostalgiques du IIIᵉ Reich, qu'il détestait les étrangers, c'est-à-dire pratiquement tous ceux qui n'étaient pas de sa famille, laquelle se réduisait à sa vieille mère, à sa femme décédée.

— Tout ceci, commissaire, répéta-t-il calmement, après avoir soupiré, ne fait pas de moi un coupable.

— Ta gueule ! hurla Bourdin qui s'énervait très vite, surtout quand les suspects partageaient un peu ses propres opinions.

Gicquiaud lui lança un regard calme et fatigué.

— Bourdin, je vous en prie.

Bourdin ravala sa mauvaise humeur et se mit à compter les petits trous dans le mur, ce qui finissait toujours par le calmer.

— Reprenons, donc, répéta le commissaire. Vous reconnaissez nourrir une aversion pour les jeunes filles d'aujourd'hui, particulièrement celles qui, à vos yeux, s'habillent et se comportent, je vous cite, « de la façon la plus provocante ».

— Oui. Mais s'il fallait mettre en prison tous ceux qui pensent comme moi, je…

— Tenons-nous en aux faits, si vous le voulez bien, monsieur Bergeret. Vous reconnaissez également posséder dans votre bibliothèque personnelle tous les ouvrages dont sont issues les citations identifiées dans le tract de l'assassin.

— Il faut croire que l'assassin a des lettres.

— Sans doute. Mais vous avouerez que ces faits constituent un ensemble de coïncidences troublantes, voire de présomptions.

— Je n'avouerai rien du tout. Avez-vous retrouvé

chez moi l'arme du crime ? Et, d'autre part, ne jugez-vous pas ces présomptions, comme vous dites, un peu trop accablantes ? N'êtes-vous pas surpris que quelqu'un prenne la peine de vous faire parvenir des photographies, des indices, par courrier postal ? Ne devrais-je pas être terrifié, au contraire, qu'un individu, le véritable criminel, sans aucun doute, se soit introduit chez moi sans effraction ?

Il sourit, tout à coup, et fouilla sa poche d'où il tira un objet bizarre.

— D'ailleurs, regardez ce que j'ai trouvé par terre.

Il tendit la chose au commissaire qui, après un bref examen, vit que c'était un vieux rasoir à manche d'ivoire. Curieux.

— Je vous remercie. Nous allons faire analyser cet objet. Dites-moi, M. Bergeret, n'avez-vous jamais pensé à faire poser un verrou de sécurité sur votre porte et un interphone au bas de l'immeuble ?

— Trop cher ! répliqua Bergeret. Si la police faisait correctement son travail, les citoyens n'auraient pas à dépenser des sommes faramineuses pour assurer eux-mêmes leur sécurité !

Un silence embarrassé se fit. On n'avançait pas. Bergeret parvenait très bien à se donner le rôle de victime et son assurance lui conférait une supériorité arrogante sur les policiers. Il fallait à tout prix le déstabiliser.

— Et la liste, Bergeret ? (Gicquiaud décida de supprimer le « monsieur ».) La liste de filles surlignées en rouge ?

Mais l'intendant ne se démonta pas. Ses yeux se rétrécirent légèrement, et un sourire simiesque déforma sa grosse face.

— Ce sont mes pronostics, commissaire.

— Vos pronostics ?

— Exactement. J'ai un côté joueur. Quand l'assassin a fait paraître cette espèce de profession de foi, je me suis amusé à deviner qui seraient les prochaines victimes. Si tant est qu'il s'en tienne aux élèves du lycée.

— Vous vous rendez compte, Bergeret, que ce que vous dites est d'un cynisme odieux ? Vous me dégoûtez.

— Il me semble, commissaire, que vos appréciations insultantes à mon endroit n'ont rien à voir avec votre enquête. Quand comptez-vous me libérer ?

— Pas tout de suite. Vous allez passer quelques heures avec nous, le temps que je procède à des vérifications complémentaires. J'ai l'autorisation du procureur. Emmenez-le, Bourdin, il m'énerve.

Bergeret ne répondit rien, et se leva, digne comme une vieille gravure. Gicquiaud, qui l'observait à la dérobée, fut frappé par le fait qu'il semblait appartenir à un autre siècle. Il avait le teint sépia. Bourdin posa une main sur l'épaule de l'intendant et le guida dans les couloirs jusqu'aux cellules.

— Je vous mets dans la quatre. C'est la plus confortable.

— Merci. À quelle heure servez-vous le repas ?

Bourdin haussa des sourcils stupéfaits. Ou ce type était fou, ou il était innocent. Son arrestation paraissait l'amuser. Il ne répondit pas, donna trois tours de clé et s'éloigna, tandis que l'intendant, d'une main dégoûtée, palpait la couchette de la cellule.

Quand il entra de nouveau dans le bureau du commissaire, celui-ci observait attentivement les photos envoyées par Thibault, et relisait pour la vingtième fois la lettre de dénonciation, élégamment rédigée au traitement de texte, et imprimée sur une simple feuille de format A4. L'expéditeur avait choisi une police de caractères très courante, on n'avait trouvé aucune empreinte.

— Votre avis, Bourdin ? demanda Gicquiaud.

— Il m'a demandé à quelle heure on servait le repas. Je crois qu'il est content de manger gratis. Jamais vu un radin pareil.

Gicquiaud essaya d'appliquer une méthode hindoue, dont il venait de lire le compte rendu dans un magazine de programmes télévisés, et qui permettait, à ce qu'en disait la journaliste enthousiaste, de contracter ses vaisseaux sanguins cérébraux pour prévenir l'apparition de la migraine. Cela ne marcha pas.

— Et à part ça, Bourdin ?

— Aucune idée, chef.

Gicquiaud soupira. La présence de Bourdin à ses côtés relevait presque de la brimade administrative. Certains commissaires bénéficiaient de jeunes inspectrices fraîches émoulues de l'école de police, brillantes, spirituelles. Leur uniforme s'entrouvrait souvent, à hauteur de la poitrine. Elles posaient le bout d'un crayon sur leurs lèvres et attiraient, d'une voix douce, pétrie de respect, l'attention de leur supérieur sur un indice déterminant.

— Vous pensez à quoi, chef ?

— À quoi voulez-vous que je pense ? À Bergeret.

— Vous croyez que c'est lui ?

— Non, hélas.

Bourdin haussa les épaules. Gicquiaud raffolait des solutions imprévisibles. Et le plus triste, c'est que la réalité lui donnait raison, presque toujours. En attendant, il était dix heures du soir, et les nécessités de l'enquête, comme disait Gicquiaud, les retenaient dans ce bureau malodorant, où il ne se passerait probablement plus grand-chose. Bourdin commença d'élaborer une stratégie qui lui permettrait de rentrer chez lui pas trop tard, ce qui lui demanda un gros effort de réflexion. Il pourrait, par exemple, prétexter que sa fille était malade. Il se demanda si le commissaire se rappelait que sa fille était mariée et vivait à Lyon.

— Autre chose, Bourdin.

— Oui chef ?

— J'aimerais bien que vous cessiez de m'appeler chef, ça me déconcentre.

Le téléphone sonna.

Bourdin décrocha, ouvrit la bouche mais ne dit rien. Puis il se mit à rouler des yeux et agita sa main libre avec exaltation. Il se passait quelque chose. Il attrapa un crayon, nota quelques mots sur un coin de formulaire.

— Très bien. On arrive.

Il raccrocha.

— Que se passe-t-il ?

— On vient de découvrir une autre fille assassinée, chef. Une balle dans la tempe.

Deux jours plus tard, Adé n'y comprenait plus rien. Thibault et Rod étaient devenus amis. Ça s'était fait à cause de l'expédition chez Bergeret. Rod avait dit à Adé : « Il est génial, ton copain » et Thibault, le lendemain, par téléphone : « J'adore ton petit frère. » Adé s'était demandé s'il pouvait sortir de cette belle amitié quelque chose de bon pour elle, et s'était répondu que peut-être.

Résultat, ils se trouvaient là, tous les trois, au zoo, devant l'éléphant. Il était dix-sept heures, et ils parlaient de tout à la fois : de la mort de la nouvelle fille, une certaine Coralie Blésimaire, du lycée Anatole-France, de l'arrestation de Bergeret, et de la psychologie des éléphants. Ce dernier point avait l'air de passionner Thibault, à peu près autant qu'il consternait Adé.

C'est que Rod menait une expérience. Il avait décidé d'appliquer le protocole suivant : présenter un à un à l'éléphant tous les objets personnels de

Grand-père, pour voir si l'un d'entre eux provoquait une réaction de colère ou d'affolement chez le pachyderme. Thibault avait jugé la méthode intéressante, mais suggérait aussi d'approfondir les recherches théoriques sur les mœurs des éléphants, non pas seulement par le biais d'internet, qu'il jugeait un outil à bien des égards très décevant, mais aussi et surtout en fréquentant la bibliothèque municipale.

— Le département zoologique est très riche, insista-t-il.

— Je suis trop jeune, objecta Rod. Avec ma carte, j'ai accès au rayon enfants. C'est nul.

— Pas de problème, je viendrai avec toi. Mercredi après-midi, si tu veux.

Adé, vexée d'être exclue de la conversation, et qu'on n'ait même pas envisagé qu'elle pouvait, elle aussi, accompagner son petit frère, jouait les âmes tristes, assise du bout des fesses sur le bout du banc, regardant ailleurs, scrutant l'infini.

— Je vous rappelle, condescendit-elle à murmurer, quand les deux autres eurent pris conscience de son silence réprobateur, qu'une autre fille est morte, et que, par notre faute, un innocent a été placé en garde à vue.

— Innocent, Bergeret ? Ça reste à démontrer, répondit Rod.

— Il était interrogé par la police au moment où le meurtre a eu lieu.

— D'accord, mais il peut très bien être complice. Les déclarations de l'assassin ne prouvent rien.

Adé faisait allusion à un second tract, très bref, dispersé dans les rues après la mort de Coralie. On y lisait :

J'agis seul. La police se trompe de coupable. Je ne veux pas que d'autres endossent la responsabilité de mes actes. Ces fausses pistes n'ont pour moi qu'une seule vertu : elles me font gagner un peu de temps. Plus on tarde à m'arrêter, plus je puis poursuivre ma tâche.

« Une seule vertu », « je puis », s'étonnait Thibault. Il fait exprès d'utiliser des tournures vieillottes. C'est bizarre.

Coralie Blésimaire avait trouvé la mort dans les circonstances suivantes : ses parents lui interdisant formellement de fumer, elle avait pris l'habitude de sortir tous les soirs sur le balcon de sa chambre, au deuxième étage d'un petit immeuble tranquille pour griller une cigarette. C'est là qu'une balle, une seule, l'avait cueillie. On avait pu établir que le tireur s'était posté dans un petit square situé au pied de la résidence, et dissimulé derrière un buisson. Le meurtre se signalait par une extrême simplicité. Toutefois, comme l'avait fait remarquer le commissaire Gicquiaud au cours d'une brève conférence de presse, il impliquait que l'assassin connaisse bien les habitudes de la jeune fille.

Sur cette dernière, rien de très original. Elle correspondait totalement au profil des autres victimes : c'était une élève ordinaire, sanglée dans des vêtements pour adolescentes, suréquipée, familière des réseaux virtuels, rieuse, jolie, maquillée, entourée d'une bande de filles qui lui ressemblaient en moins bien. Elle fréquentait un club de danse rythmique, pratiquait la natation et se livrait occasionnellement au harcèlement moral sur une autre élève, une grosse à boutons.

On avait interrogé tout le monde : les élèves et les adultes du lycée Anatole France (neuf cent quarante personnes en tout), la famille de la victime, celle de la victime de la victime, les proches, on avait recueilli quatorze lettres anonymes imitant le style du tueur mais qui, comportant de grossières fautes d'orthographe, n'avaient pu être authentifiées, on avait débusqué une demi-douzaine de personnages partageant peu ou prou les convictions politiques et philosophiques de l'intendant Bergeret, on avait entendu les membres du club de tir qu'il fréquentait, ceux de l'Association des amis de Robert Guillaume, un écrivain local qui avait été, en son temps, proche des amis de Charles Maurras, et on n'était pas plus avancé, ça ne donnait rien. Tout le monde avait ou non un alibi mais qu'est-ce que ça prouvait, et le commissaire Gicquiaud souffrait d'une migraine chronique qu'il parvenait tant bien que mal à dissimuler à la presse.

Thibault, quant à lui, demeurait dubitatif. Il butait toujours sur les formules surannées qui émaillaient le tract.

— C'est bizarre, répétait-il.

Adé, toujours assise au bout du banc, le regardait dire « C'est bizarre », avec un air d'adoration. Rod, en souriant, se plaça dans son champ visuel, et se mit à lui parler, avec les mains.

« Tu l'aimes », susurra-t-il d'un geste de l'index.

Pour toute réponse, Adé brandit son majeur vers le ciel, ce qui, à défaut d'élégance, avait le mérite de la clarté la plus universelle. Heureusement, Thibault n'avait rien vu. Rod continua d'exaspérer sa sœur pendant quelques minutes en remuant ridiculement ses doigts. C'était vraiment grotesque, ce code. Adé se jura d'y renoncer. Elle l'annoncerait solennellement

150

à son frère, au cours de leur prochaine entrevue du vendredi.

Comme plus rien n'arrivait d'intéressant, Rod décida de passer à la phase expérimentale de leur soirée. Il sortit précautionneusement de sa sacoche l'appareil photo fourni à Grand-mère par la compagnie d'assurance. Le même modèle que celui qui avait accompagné Grand-père dans ses derniers instants.

Thibault cessa de relire le tract du tueur et le regarda.

L'éléphant, un peu plus loin, mâchonnait avec une insouciance sincère. Les deux garçons, brandissant devant eux, comme une statuette sacrée, le gros appareil noir, s'approchèrent de l'enclos, puis firent claquer leur langue, poussèrent des petits cris pour attirer l'attention de la bête qui leur accorda tout juste un regard vitreux. C'est alors qu'une voix joyeuse se fit entendre :

— Vous voulez le prendre en photo ? Bougez pas !

À petites foulées tranquilles, Anthony venait d'apparaître, amorçant déjà la longue courbe qui le conduisait à eux.

— C'est marrant, dit-il, ça va devenir le rendez-vous de l'éléphant ! Salut Adé ! Salut Rod ! Salut, heu…

— Thibault, compléta aigrement Thibault.

Anthony, arrivé à leur hauteur, fit un clin d'œil et s'empara de l'appareil.

— Prêtez-le-moi, je vais vous en faire, moi, des belles photos.

Et, comme l'autre soir, il franchit en deux bonds les barrières, s'aidant d'une seule main, l'appareil dans l'autre. Puis il se mit à virevolter autour de l'éléphant, sautant d'un pied sur l'autre, s'avançant très près, à deux pas des énormes pattes, et le mitraillant sans cesse.

— Allez, mon gros, fais le beau, clic-clac, c'est dans la boîte !

L'éléphant semblait effrayé par la danse frénétique du prof de sport. Il reculait, comme une espèce de gros chat, son énorme front plissé par la surprise et l'incompréhension. Mais aucune trace, chez lui, d'agressivité. Incontestablement, Anthony le dominait. Ce dernier, large sourire aux lèvres, sortit de l'enclos au moment où s'entendait, dans le lointain, la crécelle du gardien.

— Et voilà le travail ! s'exclama-t-il triomphalement en rendant l'appareil à Rod.

Puis il se remit à sautiller sur place, indice qu'il s'apprêtait à reprendre sa course.

— Vous ne devriez pas rester ici, les enfants. C'est dangereux, avec ce dingue. Rentrez chez vous, la nuit tombe.

Et il se remit à courir en agitant le bras.

— Les photos vont être magnifiques ! s'enthousiasma Adé, subjuguée.

— Ça m'étonnerait, nuança Rod. Il n'y a jamais eu de pellicule dans cet appareil. Mais c'est la preuve que les éléphants ne sont pas systématiquement agressifs avec les photographes.

— Quel pauvre type ! conclut Thibault.

Le lendemain, Adé vit que Mme Legrand, la psychologue, se trouvait de nouveau dans l'établissement. Une affichette indiquait que sa porte était ouverte à tous les élèves qui désiraient avoir un entretien avec elle.

Adé, mue par une impulsion vague, frappa et entra sans attendre la réponse. Mme Legrand leva les yeux. Elle tournait lentement les pages d'un gros livre qu'elle ferma brusquement.

— Entre, sourit-elle. Entre. Tu voulais me voir ?

Adé fit quelques pas. Elle se demandait, maintenant, pourquoi elle était entrée là. Une espèce d'instinct.

— Je voulais…, hésita-t-elle, je voulais comprendre.

Mme Legrand lui fit signe de s'asseoir.

— Nous aimerions tous comprendre. Assieds-toi. Que veux-tu savoir, exactement ?

— Je veux savoir qui est ce type. Enfin, je veux dire… savoir quel genre de type c'est.

Mme Legrand ne sourit plus. Elle prit la question très au sérieux.

— La police me demande la même chose. La psychologie n'est pas une science exacte. Mais j'ai étudié un certain nombre d'affaires présentant des crimes, disons, comparables. Et le profil du tueur est presque toujours le même : c'est un homme loyal et rigoureux.

— Loyal ?

— Oui. On classe ce genre d'individus dans la catégorie des criminels loyaux. Il n'agit pas par impulsion. Il est persuadé de se conformer à une morale, tu comprends ? Il pense que le monde est sale. Il nettoie.

Adé se sentit mal à l'aise. Elle se demanda s'il fallait parler de Vomito.

— Si jamais…, risqua-t-elle, si jamais je me trouve un jour en face de lui, qu'est-ce qu'il faudrait dire ?

Mme Legrand hocha la tête.

— Si tu te trouves en face de lui, c'est qu'il aura l'intention de te… nettoyer. Tu n'auras malheureusement pas l'occasion de discuter beaucoup. La seule chose à tenter…

— Oui ?

— Eh bien, ce serait de lui prouver qu'il a tort de te tuer. Que ce ne serait pas loyal, parce que tu n'es pas une saleté.

Adé baissa la tête.

Comment prouver qu'elle n'était pas une saleté ?

Si telle était mon humeur, je rirais beaucoup. Notre monde a définitivement sombré dans la bêtise. La police ronge les os que je lui jette et arpente consciencieusement toutes les impasses. Ils ont arrêté Arnoux puis Bergeret, qui se trouvent être les deux plus intelligents du lot. Il n'y a pas de hasard. Et pourtant, la vérité est sous leurs yeux, comme d'habitude, et ils ne voient rien. Parce qu'ils ne songent même pas à me jeter un regard. Je suis invisible. Ce qu'on ne veut pas voir finit toujours par nous tuer.

En attendant, la dernière trouvaille de ces idiots me réjouit beaucoup : ils ont demandé à toutes les filles de la ville de se vêtir décemment. J'exulte ! Voici que le mot de décence fait son entrée dans les feuilles de chou. Un encart officiel : « Il est demandé aux jeunes filles de douze à vingt-cinq ans (pourquoi douze, et pourquoi vingt-cinq ? c'est à mourir de rire !) d'adopter une tenue correcte et décente. Vêtements amples qui cachent les formes, pas de maquillage ni d'accessoires. »

J'imagine les crânes d'œufs occupés à pondre ce

torchon. Quels mots choisir ? Et toutes les ligues de défense des femmes, des « libertés individuelles », tous les folliculaires de gauche qui vont leur tomber dessus sous peu. Je provoque un véritable « débat », je soulève « un problème de fond » ! Nos sociétés permissives face à leurs propres démons !

Comme si je ne savais pas, moi, qui doit mourir. Comme si leurs tenues « décentes » et leurs mines de souris terrorisées pouvaient, un seul instant, les protéger.

Oui. Dans tous les établissements publics et privés de la ville, dans les discothèques, les bars, les salles de sport, les transports en commun, les églises, plus une jupe courte, plus un habit moulant, plus une boucle d'oreille. Les filles inquiètes se réfugiaient au fond des cabans et des doudounes. Beaucoup ne sortaient même plus de chez elles. Interdiction absolue de mettre le nez dehors quand la lumière baissait. Au fond, Grand-mère n'avait pas tort. C'était presque la guerre.

Si, par hasard, se devinait dans une échancrure la naissance d'un sein, quelque agent de police s'approchait de l'imprudente et lui soufflait, en désignant l'objet du délit : « Couvrez-moi ça, mademoiselle. C'est pour votre sécurité. »

Des patrouilles sillonnaient la ville. Des policiers en civil lisaient des journaux sur les bancs. Plusieurs établissements scolaires avaient provisoirement fermé leurs portes, et ceux qui fonctionnaient encore étaient flanqués d'agents de sécurité, grands individus cubiques, qui mâchaient du chewing-gum et portaient des lunettes noires, malgré la grisaille.

Ni Adé, ni Thibault, pourtant, ne paraissaient trop affectés par le cours sinistre que prenaient les événements. Ils observaient avec une inavouable satisfaction l'habillement nouveau des coquettes aux abois.

— C'est horrible, dit Adé, mais j'adore voir Emma dans cette tenue.

L'ex-star du lycée arborait en effet un pantalon de velours un peu râpé, de grosses chaussures de garçon, un pull mélancolique, une grosse écharpe tricotée par une tante et un manteau ayant appartenu à sa mère. Privée de téléphone portable et d'appareil à musique, elle continuait de tapoter dans le vide, et de tourner des molettes imaginaires. Plus personne n'avait envie de bavarder pendant les cours de M. Arnoux. On restait là, hébété, ahuri, à ruminer des idées noires. Tout le monde, finalement, était déguisé en Thibault Picard, à qui il n'était plus question de coller un flan.

Thibault, d'ailleurs, continuait de mener une sorte d'enquête solitaire, de se torturer les méninges, de relire sans fin les tracts de l'assassin.

— Je suis sûr qu'il nous mène en bateau. Il y a quelque chose à comprendre, dans ces mots. Le vrai message est caché.

Adé l'écoutait surtout pour le plaisir de sa compagnie, et dans l'espoir de faire glisser la conversation vers des domaines plus sentimentaux. Mais Thibault semblait insensible à son charme, même quand, sous prétexte de lui reprendre le tract pour en approfondir le sens, elle s'arrangeait pour frôler les doigts du garçon.

— Thibault, tu te racontes des histoires. Tu te crois dans un livre. Les vraies enquêtes sont faites par les policiers. Elles sont ennuyeuses et systématiques. Elles consistent à interroger des tonnes de gens, à vérifier des faits, des emplois du temps. C'est du travail de bureau.

— Quand tu lis ces tracts, tu te fais quelle image de celui qui les a écrits ?

Adé voulut parler.

— Non. Concentre-toi. Ferme les yeux. Essaie de créer une image. Essaie d'imaginer la personne qui rédige ces phrases. Qu'est-ce que tu vois ?

Adé ferma presque les yeux, mais laissa une petite commissure entre ses paupières, juste assez pour voir que Thibault, tout de même, se rapprochait d'elle et la regardait.

— Je vois, je vois un vieux type grincheux, une espèce de savant fou, ou un moine.

— C'est exactement ce qu'il essaie de nous faire croire. Les phrases qu'il écrit semblent exclure automatiquement un auteur jeune, par exemple, ou une femme.

— Une femme ? Jamais une femme...

— Et pourquoi pas ? Pourquoi une femme ne tuerait-elle pas d'autres femmes ? Justement parce qu'elle serait jalouse de leur beauté ? de leur jeunesse ?

Adé tenta de se représenter une dame d'un certain âge, en tailleur, dégommant des minettes à coups de Beretta 7.65. Difficile.

— Et puis il y a ce langage. On s'imagine un vieux, quelqu'un qui se serait nourri de livres poussiéreux, qui possèderait une grande bibliothèque. Mais n'importe qui pourrait avoir accès à ce genre de bouquins. Il nous mène en bateau.

— Il ou elle ?

Thibault ne répondit pas. La cloche sonna la fin de la récréation. On était mardi soir. Adé se promit qu'avant le mardi suivant, elle aurait proposé à Thibault de sortir avec elle. La nuit suivante, le tueur fit une nouvelle victime.

— Je vous l'avais bien dit, chef, que c'était idiot, cette histoire de fringues, opina Bourdin en secouant la tête, devant le corps sans vie de la jeune fille.

— Quelle histoire de fringues, Bourdin ? Cessez de m'appeler chef s'il vous plaît ou je révèle que vous êtes alcoolique.

— Alcoolique ? Mais c'est faux ! Je...

— Et alors ? Le capitaine Dreyfus n'était pas coupable et il s'est trouvé beaucoup de gens pour croire que si.

— Le capitaine quoi ?

— Peu importe. De quelles fringues parlez-vous ?

— Mais des fringues de pouffes. D'obliger les filles à porter des vêtements qui...

— Je le sais, Bourdin, que c'était idiot. Il fallait bien tenter quelque chose. En tout cas, cette jeune fille relevait apparemment de la catégorie susnommée. Regardez.

Il désigna le mur de la chambre. De nombreuses photos l'encombraient, représentant la victime qui posait parmi ses amies ou avec son boy-friend. Elle souriait, légèrement vêtue, ou éclatait de rire sur une plage. De loin en loin, des posters de stars tristes, aux yeux charbonneux, racontaient une sorte d'histoire sans mots.

— Bienvenue à *Bimboland*, commenta Bourdin.

— Je vous en prie. Les parents sont derrière la porte.

Elle avait été tuée dans sa chambre. Elle était assise sur son lit, et écoutait de la musique. Zone pavillonnaire. La chambre donnait sur une petite rue calme. La fille n'avait pas fermé ses volets.

— Est-ce qu'on va leur demander de s'enfermer à triple tour ? De tout barricader dès neuf heures du soir ?

— Peut-être, Bourdin. Rien n'est exclu. Mais je préférerais qu'on trouve très vite une piste, parce que ça commence à sentir le roussi. Venez. On n'a plus rien à faire ici.

Dans ces douloureuses circonstances, on comprendra qu'Adé, Rod et Thibault obtinrent difficilement l'autorisation de se rendre à la bibliothèque municipale. Une pellicule d'angoisse recouvrait le monde. Les parents étaient aux cent coups, envisageant toutes les hypothèses, toutes les solutions : constituer des comités, des groupes de pression pour obtenir des moyens supplémentaires, organiser des marches silencieuses, mais vers où ? Occuper des locaux, mais lesquels ? préparer la fuite des jeunes filles vers une autre ville ou, au contraire, les regrouper dans un lieu tenu secret, espèce de couvent gardé par des vigiles, des chiens, des systèmes d'alarme.

Certains faisaient paraître des billets d'humeur dans les journaux, mais les cibles habituelles de la colère publique paraissaient peu convaincantes, pour assumer le rôle de celui que d'aucuns, sans se gêner, avaient surnommé « le tueur de pouffes ». On n'osait incriminer ni « les jeunes des banlieues », ni « le

milieu », ni « la communauté des gens du voyage ».
C'était désespérant.

— Premièrement, avait dit Adé à sa mère, l'assassin
ne frappe jamais en plein jour.

— Ridicule, avait répondu sa mère. Il peut s'y
mettre.

— Deuxièmement, je serai accompagnée par Rod
et par mon ami Thibault. L'assassin ne s'attaque qu'à
des filles isolées.

— Qui est ce Thibault ? avait répondu Mme Manchec.

— Son amoureux, avait répondu Rod.

Cette déplorable intervention avait eu le mérite de
dissiper provisoirement les inquiétudes maternelles.
Des questions surgirent, au bout desquelles l'interdiction de sortir avait un peu de plomb dans l'aile. Car
Mme Manchec souhaitait par-dessus tout que sa fille
connaisse une vie affective riche et puisse avoir des
aventures sentimentales avant de choisir celui qui
ferait son bonheur et lui donnerait, à elle, des petits-
enfants joufflus et sensibles.

— Et si je me déguisais en garçon ? proposa finalement Adé.

Elle courut fouiller dans les affaires de Rod, qui
était presque aussi grand qu'elle, et revint, vêtue d'un
jean informe, d'un sweat-shirt orné d'une tête d'ours,
les cheveux dissimulés dans une casquette avachie.

— Pas mal, reconnut Mme Manchec. De toute
façon, j'ai beaucoup réfléchi. Ce que je vais dire va
vous paraître monstrueusement égoïste.

— Vas-y, dit Adé, qui adorait quand sa mère
s'accusait d'égoïsme.

— Je pense que tu n'es pas vraiment concernée, Adé par les menaces de ce... de ce fou. Il s'attaque aux filles qui exhibent leurs, enfin, aux filles un peu...

Elle chercha ses mots.

— Aux filles qui sont tout le contraire de toi. S'il a dressé une liste de futures victimes, il est évident que tu n'y figures pas. Tu vois, ton père et moi t'avons probablement bridée, brimée, par notre éducation un peu, comment dire, un peu stricte, mais aujourd'hui, je m'en félicite.

Adé sourit.

— Alors tu es d'accord, pour la bibliothèque ?

Mme Manchec réfléchit, les mains posées sur son violoncelle, les doigts impatients esquissant déjà les premières notes d'une fugue.

— Je crois que ce serait très grave, répondit-elle, qu'un fou empêche mes enfants de fréquenter la bibliothèque municipale. Mais je vous emmène en voiture et je passe vous reprendre.

Rod et Adé se regardèrent. Le plan était, en sortant de la bibliothèque, de retourner au zoo pour présenter à l'éléphant la veste de Grand-père, celle qu'il portait le jour de sa mort et que le pressing avait eu beaucoup de mal à nettoyer. Rod l'avait empruntée à Grand-mère et fourrée en boule dans son sac à dos.

Par quelques discrets mouvements de doigts, il fit signe à Adé d'accepter l'arrangement. La bibliothèque était toute proche du zoo. On pouvait très bien faire un saut jusqu'à l'éléphant et revenir à la bibliothèque avant la fermeture.

— C'est d'accord, dit Adé à sa mère. On y va ?

Avant de partir, elle passa un bref coup de fil à Thibault pour confirmer le rendez-vous.

Ils se retrouvèrent dans le hall de la bibliothèque. Mme Manchec fut présentée à Thibault que le nouveau déguisement d'Adé laissa un peu perplexe.

— Ton petit ami est très gentil, mais il a l'air un peu…, chuchota Mme Manchec à l'oreille de sa fille, en repartant.

Et elle fit un geste qui résumait l'allure négligée du garçon, jointe à ce qui lui était apparu comme une légère arriération mentale. Adé la poussa vers la sortie :

— À tout à l'heure, maman, je t'appelle quand on a fini nos recherches.

Avant d'entrer dans la salle de lecture, elle dit à Rod :

— Tu es sûr que c'est vraiment indispensable, de retourner voir l'éléphant ? J'ai horreur de mentir à maman. Si jamais je me fais tuer en allant au zoo, je ne me le pardonnerai jamais.

— C'est primordial, répondit Rod. La recherche scientifique, la quête du savoir ne doivent pas reculer devant les menaces terroristes.

— Très juste, confirma Thibault. Et d'ailleurs, le mensonge n'est pas une faute grave.

— Comment ça ? s'indigna Adé.

— Si la Gestapo vient chez toi, et que tu caches des résistants, tu le leur dis, parce qu'il ne faut jamais mentir ?

— Ma mère n'a rien à voir avec la Gestapo.

— Tant mieux pour toi. On y va ?

Ils pénétrèrent dans la grande salle de lecture. C'était une bibliothèque à l'ancienne, ornée de dorures et de bustes d'hommes à favoris. Le classement des livres relevait de lois complexes et obscures dont le vieux bibliothécaire seul possédait le secret. Il fallait, pour obtenir un ouvrage, remplir un petit formulaire et le lui remettre. Ensuite, le vieil homme descendait dans la réserve, où il disparaissait pendant de très longues minutes, puis remontait avec les livres dont il signalait l'arrivée par un discret coup de sonnette.

On pouvait aussi se promener dans les rayonnages, qui présentaient des ramifications et des recoins, grimper sur des échelles en bois verni pour atteindre les volumes situés dans les hauteurs ou fouiller dans des espèces de gros coffres où s'entassaient des revues jaunies.

Thibault venait souvent à la bibliothèque. Il indiqua à Rod la section zoologie, et attira son attention sur de gros livres écrits par des explorateurs, au début du dix-neuvième siècle. Plusieurs comportaient des observations et des témoignages relatifs aux éléphants.

— Des témoignages de première main, chuchota Thibault. Bien plus précieux que ce que tu peux trouver dans des encyclopédies ou dans des bouquins de vulgarisation. Fouille. Cherche le détail.

Impressionné, Rod souleva la couverture sombre d'un énorme ouvrage intitulé *Impressions d'Afrique*. Sa gorge se serra un peu, comme quand il entrait dans une cathédrale.

— Et toi ? demanda-t-il à Thibault, qu'est-ce que tu vas faire ?

— Je voudrais vérifier une ou deux petites choses. Mais je préfère ne rien dire.

Adé se tenait un peu à l'écart. Elle venait de se dire qu'au fond, elle n'avait rien à faire ici, à part essayer de séduire Thibault, ce qui risquait d'être un peu impossible, d'abord parce que le garçon semblait complètement absorbé par son enquête, ensuite parce que ses vêtements de garçon lui ôtaient toute espèce de confiance en soi.

« Est-ce qu'à un moment, dans ma vie, soupira-t-elle, je pourrai m'habiller comme je veux ? »

Elle se promena un moment parmi les tables où des lecteurs, souvent âgés, s'absorbaient dans des pages immenses. Elle regarda le dos des livres et s'ennuya très vite. Au bout d'un quart d'heure, elle revint vers le guichet et vit que le vieux bibliothécaire tendait à Thibault un livre qu'il venait de monter de la réserve. Elle fut intriguée par l'expression du visage de Thibault qui fixait le livre, comme s'il s'agissait d'un objet magique, un peu dangereux. Elle resta à l'écart, et continua d'observer le garçon. Celui-ci ouvrit l'ouvrage et parut complètement stupéfait.

Adé, en cet instant, se dit qu'il y avait quelque chose de bizarre. Quelque chose d'anormal dans le geste que venait de faire Thibault. Pourtant, il s'était contenté d'ouvrir et de refermer un bouquin. C'était peut-être ça. Pourquoi l'avait-il refermé si vite ? Pourquoi jetait-il autour de lui un regard inquiet ? Il mit le livre dans son sac à dos et aperçut Adé.

— C'est quoi, ce bouquin ? s'enquit-elle.

— Un bouquin ? Quel bouquin ?

— Celui que tu viens de mettre dans ton sac.

— Je suis obligé de te donner le titre des livres que j'emprunte à la bibliothèque ?

— C'est un secret ?

Il sourit.

— C'est un livre érotique. Pas pour les petites filles.

Je ne suis plus une petite fille, je suis un garçon. Montre.

— Hors de question. Bien trop dangereux. On va retrouver ton frère ? Il faut se dépêcher un peu, si on veut avoir le temps d'aller voir l'éléphant.

— Tu n'en as pas marre, de cette histoire d'éléphant ? Tu ne trouves pas que mon frère est un peu taré ?

— Si. Mais je n'aime que les gens un peu tarés. Et cette histoire d'éléphant me passionne. On y va ?

Ils y allèrent. Rod était plongé dans sa lecture. Sa mâchoire pendait un peu, signe qu'il avait découvert quelque chose d'intéressant.

— Alors ? demanda Thibault.

Rod leva vers lui deux yeux songeurs et referma prestement les *Impressions d'Afrique*.

— Il se pourrait que je sois sur une piste, mais je préfère ne pas en parler tout de suite.

Décidément, soupira Adé. C'est la journée « la vérité est au fond des livres ». Elle se sentit un peu à la traîne et se dit qu'il fallait trouver une astuce pour attirer l'attention de Thibault. Elle n'avait plus que cinq jours et demi pour mener à bien son projet amoureux. Ils quittèrent en catimini la bibliothèque.

Personne ne parla tout le long du trajet jusqu'au zoo. Chacun suivait le fil tordu de sa pensée. Adé se repassait le petit film que sa mémoire avait enregistré, de Thibault ouvrant et fermant le livre. Qu'est-ce qui était bizarre ? Est-ce qu'il pouvait vraiment s'agir d'une histoire érotique ? Elle n'en avait jamais lu. Elle se dit qu'elle allait fouiller un peu dans la bibliothèque de ses parents.

L'éléphant allait bien. Il ne parut pas les reconnaître.

— Vas-y, dit Adé. Fais vite.

Rod ouvrit la fermeture Éclair de son sac à dos, dont il sortit la vieille veste de Grand-père. Il la secoua un peu. On devinait encore les taches de sang sombre qui l'avaient maculée. Adé frissonna quand le petit garçon enfila lentement le vêtement chargé d'histoire. La veste était beaucoup trop large et trop longue pour lui. Grand-père devait être un grand homme. C'était impressionnant de voir ce vêtement reprendre vie. La présence disparue de Grand-père y était beaucoup plus palpable que sur une photo.

Rod s'approcha de l'enclos et Adé se prépara à ce que, comme d'habitude, il ne se passât rien.

Et pourtant. Pourtant, cette fois, la bête réagit. Ce ne fut pas vraiment spectaculaire, mais ce fut net. Il tourna la tête vers Rod et le regarda. Il le fixa assez longtemps. On avait vraiment l'impression qu'il observait Rod. Et mieux encore : il n'avait pas l'air content. On ne pouvait pas aller jusqu'à affirmer qu'il fronçait les sourcils, mais il en donnait l'impression. Ce qu'il faut bien appeler son visage paraissait contrarié, soucieux, maugréant. Et puis, très brusquement, il fit trois pas en avant, leva la trompe, et poussa un long barrissement, suivi d'une sorte de soupir.

Surprise, Adé eut l'excellente idée de se jeter dans les bras de Thibault. L'excuse du barrissement parut suffisante, car le garçon accueillit Adé avec beaucoup de complaisance. Elle perçut sa chaleur et laissa longtemps son nez sur l'épaule de Thibault. Heureusement, Rod, complètement fasciné par l'éléphant, ne s'était aperçu de rien.

Quand ils retournèrent à la bibliothèque, Rod confirma qu'il était sur une piste. Une piste sérieuse.

— Vous avez vu ? C'était net. Il a réagi. Il a réagi *un peu*.

— Comment ça, un peu ?

— Ben oui. Il a barri, mais il n'a pas tenté de nous massacrer. La veste de Grand-père l'a visiblement contrarié.

— Encore une histoire de vêtements ! s'écria Adé. C'est fou.

— Non, répondit Rod. Les vêtements, c'est une fausse piste. Je crois que je commence à comprendre.

Ça devait arriver. Emma et Adé se fâchèrent à mort. Il y avait trop longtemps, maintenant qu'Adé snobait ses anciennes copines, qu'elle leur préférait Thibault, qu'elle se désolidarisait du groupe. L'incident survint dans les vestiaires, juste avant le cours de sport.

— Alors, l'intello, dit Emma en enfilant un short rose à paillettes fluorescentes, tu fréquentes les casse-dalles ? Ça se passe bien ?

Adé choisit la pire des réponses : le silence. Elle ne réagit pas davantage quand Emma s'empara de son sac de sport et le lança, par-dessus les têtes, à Léa, qui l'ouvrit, fouilla dedans, fit jaillir des vêtements et des chaussures qu'elle dispersa dans la pièce.

Triste scène, sans imagination, qu'elle avait vue se renouveler souvent, et dont les victimes étaient toujours de pauvres petites choses tristes. Elle se demanda pourquoi elle avait eu si peur que cela lui arrive un jour à elle. Pourquoi elle avait dépensé tant d'énergie, tant d'invention, pour échapper aux monstres. Pensant à Thibault, elle sourit presque en regardant ses affaires voltiger. Ce n'était que ça. Dans quelques minutes, elle ramasserait le tout et écraserait ces pauvres filles de sa superbe indifférence.

— Amusez-vous, les filles, lâcha-t-elle finalement, avant qu'on fasse exploser ce qui vous fait office de cervelle.

La phrase parut produire son petit effet. Tout le monde s'immobilisa. Deux minutes plus tard, on entendit la voix d'Anthony qui les appelait pour le cours de sport. Adé ramassa ses affaires et s'habilla rapidement, tandis que les autres filaient vers le gymnase en ricanant.

La police avait finalement autorisé l'administration du lycée à utiliser de nouveau le gymnase. La réclusion des élèves ne paraissait pas très efficace, et le tueur, pour l'instant, n'avait frappé qu'à la nuit tombée, ne s'attaquant qu'à des victimes isolées.

Ce fut donc au moment où elle s'approcha des barres asymétriques qu'Adé s'aperçut qu'il se passait quelque chose d'horrible.

Elle puait. Une odeur d'œuf pourri montait d'elle.

Il lui fallut peu de temps pour comprendre. Ses petites camarades avaient eu l'idée sublime d'écraser une boule puante dans ses vêtements, dans ses chaussures peut-être. Précisément parce qu'il y avait gym, et qu'Anthony la choisissait toujours elle, Adé, pour montrer aux autres comment exécuter les figures. Adé était une excellente gymnaste, légère et maniable de surcroît, ce qui lui conférait une supériorité sur les autres et nourrissait leur jalousie.

Déjà, le bel athlète lui faisait signe d'approcher. Il portait une tenue de gymnaste qui soulignait sa musculature ferme et fine. Adé, une fois de plus, souhaita la mort de ses ex-copines. Une mort lente et cruelle. Elle essaya, par gestes, de faire comprendre à Anthony qu'elle était malade, indisposée, mourante, mais il ne paraissait pas comprendre. De toute façon, pour lui expliquer quoi que ce soit, il allait falloir s'approcher de lui. Le désespoir la fit vaciller.

Et puis elle se dit qu'après tout, elle n'avait rien à se reprocher. Au contraire. Déjà, autour d'elle, les rires se répandaient. Elle vit Emma, Léa et Caro qui se bouchaient le nez en mimant l'agonie. Alors, elle s'approcha résolument d'Anthony, un grand sourire aux lèvres.

— Je suis désolée, lui dit-elle. C'est une mauvaise blague de mes petites copines.

— Pardon ? s'étonna Anthony.

— L'odeur. Une boule puante.

De façon plutôt inattendue, le jeune homme éclata de rire.

— Eh bien, chuchota-t-il, c'est raté. Je ne sens rien.

Adé se demanda s'il faisait pas partie du complot. Elle-même avait l'impression d'être une fosse à purin vivante. Mais Anthony montra son nez et dit : « anosmie ».

— Ano quoi ?

— Anosmie. Ça veut dire que je ne sens pas les odeurs. C'est à cause d'une maladie que j'ai attrapée quand j'étais bébé.

Adé se sentit fondre en imaginant Anthony bébé. Elle eut envie de lui sauter au cou.

— C'est génial ! s'écria-t-elle.

Il se rembrunit.

— Non, c'est très gênant. Par exemple, je suis obligé de m'asperger avec un parfum très fort, pour

175

être sûr de ne pas trop sentir la sueur. Je me lave tout le temps. Je ne sais jamais si mon odeur insupporte les autres. Je ne connais pas le parfum des aliments. Mais pour le coup, ça nous arrange. On va faire comme si de rien n'était, d'accord ?

— Vous n'allez pas les punir, ces pétasses ?

Il fronça les sourcils.

— Écoute, Adé, je n'aime pas du tout ce mot. Surtout dans le… contexte actuel. Tes amies sont sûrement perturbées par tout ce qui se passe, ce fou furieux.

Il serra le poing et ses phalanges blanchirent.

— On a tous été jeunes, reprit-il. On a tous fait des bêtises, d'accord ? La meilleure des punitions, c'est de leur montrer que leur petite farce tombe à l'eau. Allez, en piste.

Et, d'un bras ferme, il souleva Adé qui se mit à virevolter autour des barres, avec une grâce exemplaire. Elle souriait, ravie que les circonstances lui aient permis d'apprendre un secret sur Anthony, et de comprendre pourquoi il sentait toujours si bon.

La petite troupe de spectatrices, qui n'avait pas entendu un mot du bref échange entre le prof et son élève, en resta pantoise. Après quoi, Adé demanda à s'absenter un instant, ce qui lui fut accordé. Elle s'éclipsa, prit une longue douche, localisa la boule puante écrasée au fond de sa chaussure gauche, la nettoya comme elle put et revint tranquillement au gymnase où elle eut la satisfaction de voir Emma suer sang et eau, suspendue aux anneaux comme un gros boudin qu'elle était.

Anthony ne se moquait même pas d'elle. Il continuait de l'encourager, de son sourire adorable.

— Jusqu'à ma mort, annonça Emma à son ex-amie, en regagnant le vestiaire à la fin de la séance, jusqu'à ma mort, je te haïrai.

Et elle tint parole. Mais ce ne fut pas très long, car le décès d'Emma eut lieu le surlendemain.

— Quelle différence faites-vous, Bourdin, entre ce meurtre-ci et les autres ?

Les deux policiers parlaient à voix basse, après avoir longuement observé le corps d'Emma, couché, les bras en croix, au pied d'un arbre, à l'orée d'un petit bois situé à quelques kilomètres de la ville.

C'était un endroit calme et plutôt bucolique, abstraction faite de l'odeur de plastique cuit émanant d'une usine chimique proche.

Bourdin se concentra, conscient qu'il passait une sorte d'examen. Il avait horreur des examens. Déjà, au bac, quand il avait subi ses oraux de rattrapage, les profs l'avaient méchamment humilié, sous prétexte qu'il ne savait rien.

— Eh bien, le protocole est le même. Une balle dans la tête.

— Bourdin, je ne vous parle pas des points communs mais des différences. Le diable gît dans les détails.

Bourdin détestait aussi ce genre de grandes phrases incompréhensibles. Il envisagea de se venger en appelant Gicquiaud « chef » mais il s'abstint par crainte des représailles.

— Elle n'était pas habillée comme les autres filles. Celle-ci était plus… plus sage.

— Certes. Mais je vous rappelle que nous avions interdit les tenues à la mode. Cette jeune fille était connue, au contraire, pour suivre à la lettre les prescriptions de la société marchande.

— Je ne vois pas de différences, ch… patron.

Le commissaire, de toute façon, n'attendait pas de réponse particulière. Il résuma, pour lui-même, comme on parle à son chat.

— Emma Pauvert a été tuée loin de chez elle, en un lieu où, d'après le témoignage de ses parents, elle ne venait jamais. On peut envisager l'hypothèse d'une virée en voiture ou à scooter, avec son petit copain. Mais ses amies confirment toutes qu'Emma était célibataire, comme elles disent. Deuxième point : à la différence des autres, Emma a disparu au moment où elle rentrait du lycée. Ses amies l'ont vue se diriger vers l'arrêt d'autobus. Elle est la seule à prendre l'autobus à l'arrêt de la rue Salengro. D'habitude, il se trouve toujours une ou deux personnes pour l'accompagner mais depuis la vague de meurtres, les enfants ont peur. Chacun rentre chez soi très vite. Le chauffeur du bus, à qui l'on a montré la photo d'Emma Pauvert, et qui, au demeurant, la connaît bien puisqu'il la transporte presque tous les jours, est pratiquement certain qu'elle n'est pas montée dans son véhicule, ce soir-là. Conclusion, Bourdin ?

— Elle a été interceptée entre le lycée et l'arrêt de bus.

— Bien. Et par qui ?

— Mais, par le tueur.

— Et comment le tueur s'y est-il pris pour l'intercepter ? Il lui a dit : « Je vous en prie, mademoiselle, montez dans ma voiture, je vous emmène au bois de Saint-François pour vous mettre une balle dans la tête ? »

— Parlez moins fort, patron.

Gicquiaud toussa et fit un petit geste d'excuse au médecin légiste et aux techniciens qui s'affairaient autour du corps.

— Patron, c'est ridicule aussi. Appelez-moi commissaire. Donc, à votre avis, comment le tueur s'y est-il pris pour convaincre la gamine de monter dans sa voiture, si nous partons de l'hypothèse qu'il était en voiture ?

— Il l'a peut-être menacée, avec son arme ?

— En pleine rue ? En plein jour ? Trop risqué. Autre proposition ?

Bourdin se frappa le front :

— Elle le connaissait !

— Bien, Bourdin. Nous avançons. Elle le connaissait suffisamment pour lui faire une confiance aveugle. Pour accepter de monter dans sa voiture alors que nous multiplions les recommandations et rappelons tous les jours les règles de prudence. Il ne lui est pas venu à l'esprit que cette personne pouvait être le tueur en série.

Bourdin, surexcité, se mit à sautiller sur place et à mimer, avec les mains, des actions vagues et rapides.

— Alors qu'est-ce qu'on fait, chef ?

Gicquiaud soupira.

— On recentre l'enquête sur toutes les personnes qu'Emma Pauvert connaissait très bien et qui, autre critère fondamental, paraissent a priori merveilleusement innocentes. Il faut aussi que ces personnes possèdent un véhicule. On fait un appel à témoins pour savoir si on l'a vue parler à quelqu'un à la sortie du lycée. On passe au peigne fin les rues qui séparent le lycée de l'arrêt d'autobus. Et en ce qui concerne le lieu du crime, on cherche des empreintes, notamment des traces de pneus qui pourraient nous donner des infos sur la marque de la bagnole utilisée par le tueur. Mais apparemment, il s'est arrêté là-bas, sur la route, il a fait descendre la petite et l'a forcée à marcher jusqu'à l'orée du bois. L'herbe est couchée mais il n'y a presque pas de terre. On ne trouvera rien. Peut-être un bout de tissu accroché à une épine. Comme disait l'autre, toutes les roses ont des épines, mais il y a aussi beaucoup d'épines sans roses.

— Qu'est-ce qui vous arrive, Bourdin ?

— Je… je n'ai pas eu le temps de tout noter, chef, patron, pardon, commissaire.

Gicquiaud sortit triomphalement de sa poche intérieure un petit appareil ovoïdal et le tendit à son lieutenant.

— Qu'est-ce que c'est que ça ?

— C'est un dictaphone. Désormais, je l'utiliserai à chaque fois que je vous donnerai des instructions un peu longues, ou que je vous dirai des choses complexes. Je n'aurai plus besoin de répéter.

— C'est génial, chef. Vous allez gagner un temps fou.

— Je ne vous le fais pas dire, Bourdin.

Thibault arpentait le parc du manoir, suivi par un chien gigantesque dont il flattait de temps en temps l'encolure. On avait dû, pour obtenir cette bête, croiser toutes sortes de races géantes, résistantes, barbares. Et si l'on voyait en elle, spontanément, un chien, cela tenait davantage à son expression vigilante qu'à sa morphologie qui l'apparentait davantage à d'autres espèces. Elle tenait du singe par son pelage, du bœuf par ses reins, du serpent par son regard. Quant au parc, on y voyait, dans le taillis, quelques statues moussues, quelques bancs de pierre effondrés, et même une demi-colonne qui avait dû être, au départ, une fausse ruine, devenue vraie avec le temps. Thibault prit place sur une pierre, et la bête vint poser sa tête sur les genoux du garçon. Il murmura quelques mots, l'appelait Ajax.

Cependant, à l'intérieur du manoir, dans une chambre située au bout de l'aile droite et qui constituait un excellent poste d'observation, un couple de domestiques s'inquiétait de la pâleur de Thibault.

— Il a mauvaise mine. Il est miné par tous ces meurtres, commenta la femme, qui se prénommait Marcelline, et que ses soixante-cinq ans rabougrissaient déjà.

— Qu'est-ce qu'il fait ? demanda Edmond, son mari myope.

— Il regarde un gros bouquin.

— Il n'y a que ça, dans sa vie. Des gros bouquins. Si seulement son père s'occupait un peu de lui.

— Son père est très occupé, objecta Marcelline.

— Son père est un con, rectifia Edmond.

Cela dit, Marcelline se remit à frotter la vitre empoussiérée, tandis qu'Edmond quittait la pièce, empruntait un couloir pour se retrouver dans le grand salon où il contempla l'échiquier qui serait, le soir même, le terrain de sa prochaine défaite contre Thibault. En dépit des heures qu'il passait à étudier les parties des plus grands maîtres, ou à jouer contre un ordinateur pourtant très vicieux, il n'avait jamais battu Thibault qu'une ou deux fois, huit ans plus tôt, quand le petit garçon débutait.

Le soir venu, ils commencèrent une partie acharnée, que Thibault parut d'abord perdre. À un moment, même, le fou d'Edmond se précipita sur la dame de Thibault, et n'en fit qu'une bouchée.

Thibault n'eut pas un regard pour le fou, ce qui inquiétait Edmond, pourtant convaincu que l'attaque cannibale qu'il venait de mener aurait dû appeler, sinon une riposte, au moins quelques secondes d'attention. Inévitable se profilait le mat en quatre coups, spécialité de Thibault. D'autant plus blessant que cette partie, si acharnée, semblait solliciter fort peu l'intelligence du garçon, qui rêvassait obstinément devant les pièces, alors que lui, Edmond, avait mobilisé jusqu'à ses neurones en retraite qui formaient désormais le gros de ses bataillons mentaux.

— Concentrez-vous donc, grommela-t-il.

Le chien, depuis un moment, tournait dans la pièce, désœuvré, suivant ses propres traces, s'arrêtant devant la porte pour la quitter dans l'instant, répétant constamment le miracle de ne rien casser.

Même Marcelline qui déboucha des cuisines en finissant de s'essuyer les mains, jugea cette attitude énervante. Qu'est-ce qu'il a ? demanda-t-elle avant de se ratatiner dans son fauteuil où elle entama bientôt la lecture d'un article illustré sur l'arthrose.

Un parfum de ragoût monta ensuite, par touches de plus en plus appuyées, pour occuper peu à peu le devant de la scène. Le parc apparaissait par trois fenêtres hautes, à croisillons multiples, où se laissaient imaginer des tremblements de feuilles. L'appétit venant, Thibault accéléra sa victoire, renonçant aux manœuvres destinées à ménager l'amour-propre d'un Edmond déjà aux trois quarts englouti, confiné dans une diagonale.

— C'est du ragoût ? gaffa Thibault en omettant d'annoncer l'échec au roi qui précédait le coup de grâce. (Edmond se retira dans son dernier carré, où Thibault le foudroya nonchalamment.)

Le cavalier, expliqua-t-il. Vous avez du mal avec le cavalier.

Edmond se leva, se massa la nuque.

— Ne boudez pas, dit Thibault.

Edmond désigna le chien et dit :

— C'est ce chien. (Ajax lui renvoya un long regard d'amour.) Il est agaçant, il n'arrête pas de…

— Il est guilleret, dit Thibault, c'est bien.

Le téléphone sonna. Thibault traversa d'un vol le vaste espace et décrocha dans un soupir. Les domestiques échangèrent une moue fataliste, cependant que Thibault s'éloignait, muni du combiné, en dépliait l'antenne et montait à ses appartements.

— C'est moi, signala quelqu'un, à l'autre bout du monde.

Au moment où Thibault s'asseyait sur son lit, son père ramenait sur ses genoux les pans d'un peignoir pâle, au fond d'un des fauteuils du plus grand hôtel d'Al Jahrah, au Koweït. Quoique simultanés, les deux moments présentaient un important décalage horaire et climatique. Le père détaillait machinalement les traits, encadrés sur le mur, du cheikh Jaber al-Ahmad al-Sabbah, dont la barbe noire endeuillait toute la chambre, et Thibault plongeait ses yeux dans ceux de son père, d'un an plus jeune, souriant sur fond de ciel gris en compagnie du chien Ajax.

— Comment vas-tu ? commença le père en s'étirant.

— Je ne sais pas, répondit Thibault.

Silence bref.

— Je m'ennuie de toi.

Sur la photo qu'il fixait toujours, son père continuait de sourire, et Ajax aussi, mais l'original se rembrunit.

— Tu dis ça, dit-il, pour me faire de la peine.

Toussotement. Il quitta l'abri du fauteuil et s'achemina vers la zone d'influence d'un énorme ventilateur blanc, auquel il présenta son dos. Grésillements sur la ligne.

— Quelle heure est-il, à la maison ? relança-t-il.

Thibault ne savait pas, il n'avait pas de montre. Il

mentionna la nuit déjà tombée, l'air fraîchissant, qui apparurent à son père franchement exotiques.

— Quand est-ce que tu rentres ? finit par demander Thibault. Est-ce que ça ne pourrait pas être avant bientôt ? J'ai beaucoup de choses à te raconter.

— Alors justement, répondit l'autre, tandis qu'un groom coiffé d'un léger turban poussait dans la chambre une tablette roulante chargée de mets sous cloches d'argent, et se voyait congédié d'une pichenette, justement c'est un peu pour ça que j'appelais.

Thibault attendit la suite prévisible de la phrase, qui finit par l'atteindre en dépit des réticences et des kilomètres. Il y était question de délais supplémentaires, de retards dans les travaux, de contrats à honorer et, bref, oui, d'un bon mois supplémentaire.

— Je serai là au pire pour Noël. Début janvier, c'est absolument sûr.

Thibault frappa du poing sa table de nuit.

— Tu comprends ? s'inquiétait la voix de son père. Il ne répondit pas tout de suite.

— Tu avais juré, finit par soupirer Thibault, qu'on se verrait bientôt. Il se passe des trucs graves, ici.

— Comment ? dit son père, attaquant discrètement une datte, je t'entends mal.

— Rien, dit Thibault, distant.

— À Noël, tout sera fini. Ensuite, je ne bouge plus. Je ne bouge plus jusqu'à la fin de l'année scolaire. Et avec les primes, on construira le tennis. Ça sera chouette, le tennis.

Thibault en convint.

— Comment vont les petits vieux ? poursuivait son père, qui englobait depuis toujours dans ce mot Edmond et Marcelline. Il faudra que tu me passes

Edmond, pour la dalle à couler, tu sais, dans l'ancienne grange.

Thibault ne savait pas et proposa de passer immédiatement le téléphone à qui l'on voudrait.

— Mais non, protesta son père, mais non, j'ai tout mon temps, si tu veux me parler de…

— Pas spécialement, coupa Thibault qui redescendait déjà l'escalier, au bas duquel Ajax poussa un piaulement.

— J'entends Ajax, se réjouit le père à l'autre bout du téléphone.

— Je te passe Edmond, je t'embrasse, dit Thibault qui remonta aussitôt.

Marcelline le suivit.

— Tu as l'air fâché, s'inquiétait le combiné, tu m'en veux ?

Edmond, qui venait de rattraper l'appareil au vol, improvisa une formule de politesse.

— Il est parti, expliqua-t-il.

— Ce n'est pas facile, dit le père.

— Je comprends, dit Edmond.

— Dites-moi, Edmond, dit le père.

Thibault claqua sa porte au nez de Marcelline.

Une certaine quantité de temps commença peu à peu de passer sur Thibault, le visage enfoui dans son oreiller, sur Marcelline sur le palier, sur Edmond qui réglait, crayon en main, quelque détail d'aménagement, sur le Koweït ensoleillé, et, sept fois plus vite, sur Ajax. Finalement, Marcelline reprit la parole, et tâcha de consoler le garçon. Thibault déclara qu'il ne mangerait pas. Il dit cruellement qu'il avait envie de vomir, à la seule odeur du ragoût de Marcelline. Cette dernière rajusta ses lunettes qui s'étaient aventurées, par glissements indécelables, au-delà de la bosse qui constituait, sur son nez, une sorte de frontière naturelle, et dit :

— Vous n'êtes pas très gentil, mon petit monsieur.

Mal commencée, la soirée se poursuivit médiocrement. Edmond et Marcelline consommèrent le ragoût, ne se parlant pas même pour se faire passer le sel, groupés comme ils l'étaient au bout de la table qu'ils n'avaient pas vraiment dressée, se contentant d'y mettre des napperons de plastique.

— Il faut dire, commenta tout de même Edmond, au terme d'une longue bouchée songeuse, que c'est un sacré con.

Marcelline approuva.

— C'est à Noël que ça va être délicat, ajouta-t-elle.

Après une interruption de quelques minutes, meublée par les ongles d'Ajax sur les dalles veinées, Edmond convint qu'à Noël, c'était toujours délicat.

Edmond fit tristement sa ronde, vit que Thibault avait fermé ses volets, accompagna le chien jusqu'à son poste, et gagna son lit.

Thibault ne dormait pas. Couché sur le côté, ses cils, on pouvait l'entendre en tendant l'oreille, frottaient le tissu du drap, sans s'arrêter. De temps en temps, c'était un doigt, un orteil, un ongle. À d'autres moments, une jambe entière se ruait, dégageait en touche une pensée gênante. Plus rarement, il expulsait d'énormes soupirs.

— De toute façon, murmura-t-il, en sortant de sa poche une clé fraîchement refaite, je sais qui est le tueur. J'en suis sûr, maintenant. Demain midi, j'irai chez lui chercher des preuves. Et si je me fais avoir, il faudra bien que tu reviennes, mon petit papa.

Le grenier de Grand-mère était toujours aussi noir et poussiéreux, mais Rod avait pris de l'assurance. Il s'y rendait désormais presque tous les jours pour examiner les objets laissés par Grand-père. Parfois, il allait embrasser Grand-mère qui l'accueillait gentiment ou, au contraire, le grondait parce qu'elle le prenait pour son fils, enfant, et qu'elle lui reprochait de s'être battu avec ses petits camarades. Au passage, la maladie de Grand-mère était très instructive pour Rod, qui découvrait des aspects de son père que celui-ci s'était toujours bien gardé de lui révéler…

Parfois, Grand-mère dormait bouche ouverte devant la télévision, et Rod passait à pas de loup, pour monter directement au grenier.

Il était retourné plusieurs fois seul à la bibliothèque municipale et avait soigneusement recopié plusieurs passages de livres dans lesquels des explorateurs et des savants des siècles passés avaient consigné leurs observations sur les éléphants.

Ce soir-là, il fouilla, avec un soin tout particulier, dans un grand coffre où se trouvaient rassemblés les objets les plus personnels de Grand-père.

Il exhuma des médailles, des amulettes, de beaux stylos à plume, un encrier, des photographies, qu'il contempla.

Et puis, se penchant presque au point de tomber au fond du coffre, il trouva ce qu'il cherchait. Il observa longuement le petit objet sur lequel il avait mis la main, l'approcha très près de son visage et sourit. Ça lui fit repenser à la drôle d'histoire que lui avait racontée Adé, sur le prof de sport qui ne sentait pas les odeurs. Quel était le mot, déjà ? Pas grave. Après quoi, il le fourra dans sa poche, redescendit, s'éclipsa sans saluer Grand-mère et fila directement au parc zoologique. Il lui restait peu de temps avant la fermeture.

De loin, il aperçut l'enclos de l'éléphant. Il passa devant la cage d'un vieux fauve, qui avait dû être lion, dans sa jeunesse, mais là, non, son séjour prolongé en avait fait autre chose. Il était chauve. C'est troublant, un lion chauve. Chauve comme le sont les gens. Le haut de la crinière était tombé, la partie correspondant aux cheveux. On y voyait une peau rose et plissée qu'on ne lui aurait jamais soupçonnée. Ce lion, Rod l'avait connu chevelu, puis dégarni. Maintenant, il avait l'air de ressembler à quelqu'un. La municipalité attendait sans doute que tous les animaux meurent pour recycler le parc, y bâtir, peut-être, des bureaux. Aucune bête n'y était jeune, personne ne s'y reproduisait. L'otarie flottait dans son bassin, sortait deux narines morveuses. Ailleurs, un singe pendait.

L'éléphant, donc.

D'habitude, l'éléphant ne lui accordait aucune attention. Avec lui, au moins, pas d'effort de conversation, aucune simagrée de part et d'autre. Chacun à sa place. Et là…

À peine Rod était-il arrivé que l'éléphant se figea. À la différence d'une araignée, par exemple, ou d'un mulot, l'éléphant se fige lentement. Par saccades. On peut voir l'immobilité progresser de sa queue à sa trompe. C'est dans ce sens qu'il se fige. Ses oreilles se crispent, s'écartent un peu du crâne. Il se fige, à l'exception de l'œil qui, au contraire, récupérant toute l'énergie que lui cèdent les autres organes, tourne comme un furieux. Cherche.

Il vit Rod. C'était peut-être la première fois qu'il le remarquait. Son œil sans sourcil s'allongea un peu, se rétrécit, se fixa sur lui. Puis il se mit à courir. Il n'avait pas l'habitude de courir. Cela se voyait. Il courait comme un vieux domestique, très poli, mais contraint par l'urgence de traverser en vitesse un espace qu'il parcourait d'ordinaire à pas lents et dignes. Le jardin ou le vestibule, par exemple. Il ne perdait pas toute dignité, mais quand même. Il leva un peu les genoux, marcha dans les flaques. Rod le voyait exactement de face. C'est vers Rod qu'il venait, qu'il accourait. Le garçon mesura la fragilité du grillage. Qu'est-ce qui l'empêcherait, franchement, d'arracher tout, arbustes compris, et de trépigner sur le dos de Rod ?

Il arriva au grillage. Il pila.

L'éléphant ne bougeait plus, mais il fixait Rod, il se mit un peu de profil, comme font les pigeons, pour mieux voir, et malgré l'éternel sourire qui se dessinait sur sa figure, on voyait bien toute sa fureur.

Heureusement, le grillage paraissait être pour lui quelque chose d'indiscutable. Il n'essaya même pas, comme on l'aurait fait à sa place, de le frapper à coup de trompe ou de se dresser sur ses pattes de derrière, celles de devant exerçant alors une pression sur l'obstacle, les poteaux métalliques s'inclinant un à un, dans un grincement d'apocalypse et de branches brisées.

Non. Il regarda Rod, furax. Il frappa une ou deux fois le sol. Il haussa sa trompe, finalement, mais avec lenteur, par-dessus la grille, en éclaireur, la braqua sur le garçon, puis la rangea.

— Calme-toi, mon gros, bégaya Rod, effrayé et ravi.

Il n'aurait pas dû.

Cette phrase, ou peut-être le seul son de la voix de Rod, petite voix très fluette, mal posée, cette voix désagréable eut le don d'exaspérer davantage l'éléphant qui se figea de nouveau.

On sentit qu'il se concentrait, mais on ne devinait pas ce qu'il pourrait faire de plus, coincé contre le grillage, avec son sourire figé. Rod n'aimait pas le voir d'aussi près. Il puait la ménagerie, recula de trois pas. Et brusquement, barrit. Comme l'autre jour, mais en pire.

Tout le monde s'imagine connaître le barrissement, parce qu'on barrit beaucoup, dans les films, mais les micros n'en captent pas la vraie nature, n'en donnent qu'une version simplifiée. Le barrissement est multiple, il est plusieurs barrissements, chacun sonnant faux par rapport à tous les autres, très faux. Dans le corps du barrissement s'entendent d'autres sons, des aboiements, des rires, des accouchements, le massacre d'une chorale corse.

Quand ce fut fini, le gardien se tenait à côté de Rod, visiblement inquiet.

— Il y a, grommela-t-il, quelque chose de pas normal.

Thibault eut beaucoup de mal à attendre l'heure du déjeuner. Il ne pensait qu'à son projet d'expédition chez l'assassin. Repassant un à un les détails dans son esprit, il acquit la conviction qu'il ne s'était pas trompé. Parfois, un long frisson lui parcourait l'échine. Si, justement, il ne s'était pas trompé, ce qu'il envisageait de faire relevait de la folie pure. La personne dont il allait visiter le domicile avait abattu de sang-froid cinq filles et un chat.

De sang-froid. Que signifiait exactement cette expression ? Peut-être l'assassin était-il au comble de l'émotion, ou de l'excitation, quand il pressait la gâchette. Pourtant, non. Cette personne visait avec une précision incroyable et atteignait sa cible, même de très loin. C'était un être froid, sans affect, ou capable de maîtriser son émotivité.

Thibault ne pouvait s'empêcher de penser à ses parents. Sa mère, décédée le jour de Noël, dans un lamentable accident de voiture. Elle conduisait mal, elle avait peur. Une biche avait traversé la route, et

Mme Picard s'était jetée contre le tronc d'un chêne. La biche avait survécu.

C'était depuis ce drame que son père voyageait tout le temps, partout. Il fuyait. Il fuyait la maison où il avait vécu heureux avec sa femme. Mais rien ne s'était arrangé quand ils avaient déménagé au manoir. Il fuyait Thibault, qui ressemblait tant à la défunte.

Que dirait-il quand il lirait dans les journaux que son fils avait débrouillé une sale histoire de meurtres en série, sur laquelle la police se cassait les dents ? ou que son fils avait été tué, à son tour, parce qu'il avait découvert la clé de l'énigme ?

Thibault se dit qu'il n'aimerait pas tant que ça mourir. Au début, oui, après la mort de sa mère, après toutes ces journées vides au cours desquelles il croyait la voir partout, entendre sa voix grave qui lui répétait qu'elle était fière de lui. Qu'il était un garçon exceptionnel. Son père ne lui faisait presque jamais de compliments. Sauf pour ses victoires aux échecs. Les échecs seuls, ce monde noir et blanc, sans cris ni larmes, semblaient convenir à son père.

C'était sûrement grâce aux échecs que Thibault avait compris qui était l'assassin. Il n'y avait pas tant de combinaisons possibles. Et maintenant, il allait tenter un coup audacieux.

Trop audacieux, peut-être. Il lui fallait une protection. Il regarda Adé qui buvait, comme à son habitude, les paroles de M. Arnoux. Elle écrivait, penchée sur sa feuille. Il voyait son dos, qui était souple et beau, et sa nuque magnifique. C'était à cause d'elle, surtout, qu'il n'avait plus très envie de mourir. Il aimait bien Edmond et Marcelline, et surtout Ajax, mais la vie avec eux était longue et pâle. Il pourrait épouser Adé. Ils n'auraient aucun besoin de travailler, ou juste un peu, pour s'amuser. Ils pourraient parcourir le monde, ils emmèneraient Rod, ils iraient voir les éléphants partout. Un tour du monde des éléphants.

Il hésita. Il serait bien plus raisonnable d'envoyer une nouvelle lettre au commissaire Gicquiaud. Mais s'il se trompait encore ? Il n'avait pas l'ombre d'une preuve. Juste des intuitions et des déductions.

Il se demanda s'il n'allait pas tout raconter à Adé, à la récréation. Mais ce serait la mettre en danger. Elle voudrait venir, encore, ils se retrouveraient avec Rod dans la maison du tueur. Impensable. Il repensa aux difficultés qu'il avait eues pour subtiliser la clé de cette maison, puis pour la remettre en place après l'avoir fait dupliquer, sans éveiller les soupçons. Ç'avait été plus difficile qu'avec Bergeret. L'autre était un adversaire beaucoup plus coriace, beaucoup plus malin. Suspicieux. Il se demanda, pour la millième fois, s'il avait été suffisamment discret. Il avait un doute. Quelque chose lui soufflait que l'adversaire avait l'avantage et le manipulait.

Non. Il ne pouvait pas tout raconter à Adé. Si l'assassin devinait qu'elle savait, elle mourrait aussitôt. Mais il pouvait laisser une trace. Elle était intelligente. Elle devinerait. Si ça tournait mal, l'indice qu'il allait lui fournir suffirait peut-être.

Aussi discrètement que possible, il sortit de son sac le livre emprunté à la bibliothèque, et le glissa dans celui d'Adé. Puis il attendit avec une impatience croissante la sonnerie qui signalerait la fin de la matinée. Il savait qu'il disposait de deux heures pour faire sa visite. Il avait vérifié les horaires. Bien sûr, tout était à craindre : le tueur pouvait modifier son emploi du temps. Il avait peut-être un système d'alarme, ou une double serrure. Il se protégeait sûrement mieux que le vieux Bergeret. Mais l'urgence d'agir lui donnait des fourmis. Quand la sonnerie retentit, il se leva comme un diable. M. Arnoux lui lança un regard surpris mais ne dit rien.

Thibault traversa la cour à pas rapides, sortit du lycée, et fila jusqu'à l'arrêt de bus. Il était midi dix. Il fallait prendre le numéro quatre. Il avait potassé tout ça, calculé la durée du trajet. C'était un peu loin, dans les faubourgs, un quartier modeste, des maisons ouvrières mal retapées, de la brique et des cheminées.

Pour la centième fois, il vérifia dans sa poche qu'il avait bien la clé.

Soufflant d'avoir monté la grande côte des Capucins, crachant ses fumées puantes avec ses voyageurs, l'autobus fit halte au moment des premières gouttes de pluie.

Dans l'autobus, Thibault savait se faire spectateur. Il était au fond, debout, sa main droite enserrant vaguement une poignée pendant du plafond, les pieds solidement écartés pour épouser les virages, prévenir les secousses ; en un instant, il n'existait plus que comme spectateur. Il regardait la façon dont s'emmêlaient les carcasses, les coudes, les épaules. Confusément, dans l'autobus, les gens se nichent et s'abandonnent à la douceur de se lover dans le corps et dans l'odeur des autres. Thibault observait les crânes entassés qui donnaient du front contre les vitres où commençait la ville.

Les jours de pluie, avec le va-et-vient laborieux de l'essuie-glace, les buées, la moiteur, les nez qui s'ébrouent bruyamment dans leurs mouchoirs déployés, les souffles détrempés de la machine, on se retrouve vite en paquebot, tout un équipage aux pieds mouillés, aux têtes encapuchonnées dans du plastique imprimé de fleurs qui se froissent.

Dans le vague de l'air tremblant, ses yeux patrouillaient avec nonchalance, par-delà les bastingages et visitaient les pontons battus d'écume.

Thibault adorait les histoires de marin. C'était ça qu'il ferait, avec Adé. Une croisière interminable sur un bateau bourré de mots rares.

L'autobus l'expulsa à quelques encablures de son objectif. Il pleuvait très fort, et il pensa que ça risquait d'empirer les choses. Il allait laisser des traces. Tant pis. Il se réfugia sous un arbre, sortit un plan mal plié de sa sacoche, l'approcha de son nez, prit des repères autour de lui dans le paysage dégoulinant, puis se remit en marche, se mit à courir.

Il était presque une heure moins le quart. Les cours reprenaient à deux heures. Il serait en retard. Aucune importance. La notion de retard devenait dérisoire en ces temps de désordre et de mort. Il trouva la rue. Il vit la maison. Une petite maison qui faisait le gros dos sous l'averse, jolie maison tout au bout du quartier, entourée d'un jardin. Pas de chien apparent. Pelouse, gravier satiné par la pluie. C'était mieux, en fait. Aucun témoin, pas de passants. Et puis même si quelqu'un le voyait enjamber le portail, appelait la police, ce ne serait pas une catastrophe. À condition qu'il trouve des preuves.

Il marcha dans une flaque, sa chaussure recracha une gorgée de boue. L'eau coulait dans ses oreilles. Les autres maisons semblaient vides ou endormies. Rideaux tirés. Quelqu'un l'observait-il ? Le mieux était de ne pas traîner. Agir vite. Il s'approcha de la barrière du jardin. Elle n'était pas fermée. Bizarre ? Dangereux ? Non. C'était une vieille barrière en bois, juste repoussée. En trois bonds, il fut à la porte, enfonça la clé dans la serrure, tourna.

Ce fut difficile. Sa clé avait sans doute un léger défaut. Il craignit de devoir renoncer, insista, poussa, et se retrouva dans un vestibule carrelé, sans avoir trop compris comment. Il était en sueur, trempé, morveux. Il s'accorda quelques secondes pour reprendre ses esprits.

Alors c'était là ? Il se mit à douter. Tout semblait trop normal. Mais à quoi s'attendait-il ? À trouver, comme dans la chambre interdite de Barbe Bleue des femmes baignant dans leur sang ? Des armes comme chez Bergeret ? Trop facile.

Trois pas le menèrent dans un grand salon confortable. De lourds rideaux cachaient la pluie, qu'on entendait battre les fenêtres. Rien d'anormal, à part…

À part quoi ? Il s'efforça de nommer ce qu'il voyait dans ce salon, si ordinaire : une table ronde en hêtre, moderne et gaie, un canapé de cuir crème, des fauteuils assortis, une lampe à halogène, et puis deux grandes bibliothèques pleines de livres.

Il retint un cri de joie : les livres ! Voilà exactement ce qu'il cherchait. Mais il n'eut pas le temps de s'approcher de la bibliothèque. Encore moins de sortir de sa sacoche son appareil photo numérique. La porte s'ouvrit et se referma dans son dos.

— Ne te retourne pas.

Il se figea. Il n'avait pas entendu les pas, sur le gravier. Peut-être à cause de la pluie.

— Eh bien mon garçon, tu confirmes l'idée que

j'avais de toi. Tu es infiniment plus intelligent que toute cette bande d'amateurs. Bravo. Vraiment.

Thibault continua de se taire, incapable d'élaborer le moindre commencement d'idée. Il sentit contre sa colonne vertébrale la pression glacée de l'arme.

— Je t'aime bien, tu sais. Je suis sûr que tu l'as déjà compris. Mais je ne peux pas te laisser entraver mon action. Crois-moi, ta mort va me faire une peine immense.

— Comment ça, disparu ?

Bourdin ouvrit la bouche pour répondre, puis hésita. C'était une question bête et difficile. Il n'y avait pas trente-six façons de disparaître. Ou plutôt si, finalement. Il jeta un coup d'œil perplexe au commissaire qui attendait toujours sa réponse, et offrait une physionomie de bouddha contrarié.

— Eh bien, il a disparu. Il était en cours le matin, il est sorti à midi et il n'est pas revenu l'après-midi. Le lycée a appelé chez lui, les domestiques ne l'avaient pas vu non plus.

— Les domestiques ?

— Oui, c'est le fils d'un gros bonnet de l'atome. Picard. Il possède un manoir à quelques kilomètres de la ville, mais il est toujours en déplacement. Ce sont les domestiques qui s'occupent de lui. Avec un chien.

— Un chien ?

— Oui. Un gros chien qui porte un nom de détergent.

205

— De détergent ?

— Commissaire, si vous me faites tout expliquer, on ne le retrouvera jamais, le môme.

Gicquiaud, pour une fois, eut l'air d'approuver la remarque de son adjoint. Il secoua sa tête douloureuse.

— Les domestiques, là, vous les avez reçus ?

— Oui. Mais ils veulent vous voir.

— Où sont-ils ?

— Derrière la porte.

Le commissaire tendit son bras immense jusqu'à la porte, l'ouvrit, découvrit dans la salle d'attente un vieux couple affolé, flanqué d'un gros chien sale. Non, pas sale. Propre mais dégoûtant. Poilu, voilà. Peu importe.

— Entrez, monsieur, dame. Et, s'il vous plaît, laissez votre chien ici. Mon bureau est minuscule.

— Il déteste rester seul, plaida Marcelline. C'est un angoissé.

Cinq minutes plus tard, Edmond, Marcelline, Ajax, Bourdin et Gicquiaud s'entassaient dans le bureau surchauffé, qui se mit à puer graduellement. Le commissaire, tout en prêtant une attention flottante à ses interlocuteurs, se mit à observer le nuage de poils blanchâtres qui déferlait dans le maigre espace, à chaque fois que le chien s'ébrouait ou remuait la queue, c'est-à-dire tout le temps.

— Nous n'avons pas encore prévenu M. Picard, expliqua Edmond. Il est actuellement au Koweït pour son travail. Il nous fait entièrement confiance.

Sans bien comprendre la logique qui reliait toutes ces informations, le commissaire posa quelques questions sur Thibault, sur ses habitudes. Avait-il déjà fugué ?

— Jamais, répondit Edmond.

— Souvent, répondit Marcelline.

Ils se regardèrent.

— Il y a fugue et fugue, expliqua Edmond. Il lui est arrivé quelquefois de disparaître toute une après-midi, en forêt, sans prévenir. Mais il emmenait toujours Ajax.

— Ajax ?

— Le chien, commissaire, précisa Bourdin avec un léger clin d'œil.

— Il va en ville, quelquefois, le mercredi après-midi, ajouta Marcelline. Mais il nous informe toujours. Il est indépendant. On peut lui faire confiance.

— Lui arrive-t-il de sécher les cours ?

— Jamais, dit Marcelline.

— Quelquefois, dit Edmond.

Ils soupirèrent.

— Mon mari veut dire qu'il arrive quelquefois à Thibault de prétendre qu'il a la migraine pour rester au lit. Vous savez ce que c'est, la migraine. C'est psychosomatique. Cet enfant n'est pas très heureux. Sa pauvre mère est décédée, et son père toujours au bout du monde.

Le commissaire se toucha nerveusement la tête.

— Donc, en somme, vous êtes inquiets. Il n'a jamais quitté le lycée à l'improviste.

— Jamais, dit Marcelline.

— Jamais, confirma Edmond.

Ajax posa brutalement sa tête sur le bureau du commissaire, écrasant sans y prêter la moindre attention un tampon encreur et deux gobelets vides.

— Il fait ça, quelquefois, dit Marcelline.

Long silence.

— Je ne vous cacherai pas, reprit Gicquiaud, que je partage votre inquiétude. Vous savez comme moi qu'un fou dangereux s'attaque aux jeunes, en ce moment.

— Mais, protesta Edmond, il ne s'en prend qu'aux filles.

— Thibault est un garçon, insista Marcelline, d'un ton suppliant.

Le commissaire regarda le chien, qui leva vers lui deux yeux absents et bavait sur son sous-main.

— Nous ne savons rien de ce criminel, sinon qu'il s'agit sans doute d'un maniaque. Il se peut très bien qu'il ait décidé de changer de cible. À moins que…

Il se leva, fouilla dans une armoire et en tira la feuille de papier anonyme, qui dénonçait l'intendant Bergeret. Il la tendit au couple.

— Est-ce que vous pensez que ce texte aurait pu être écrit par Thibault ?

Ils se penchèrent sur la question, chaussèrent des lunettes, commencèrent à lire avec une lenteur exaspérante. Mais, avant qu'ils aient eu le temps de se prononcer, Ajax se dressa brusquement, se mit à flairer la feuille, et gémit en agitant sa queue énorme, qui décapita la seule plante verte du commissaire.

— Mon dieu ! dit Marcelline.

— C'est lui, dit Edmond.

— Comment ça ? demanda Bourdin.

— Le chien se comporte toujours comme ça quand Thibault rentre. Il l'a reconnu. Il a reconnu son odeur.

Machinalement, les deux vieux domestiques se mirent à humer la page.

— C'est bien ce que je craignais, prononça le commissaire d'une voix sourde. Ce garçon se prend pour un enquêteur, et il a dû croiser la piste du dingue.

— Mon dieu ! répéta Marcelline.

— C'est tout à fait son genre, confirma Edmond. Il est extrêmement intelligent. Il lui est arrivé, une ou deux fois, de me battre aux échecs.

Nouveau silence.

Le front du commissaire se rida. Les idées qui s'agitaient dans son crâne semblaient en bosseler la surface. Tous les autres le regardaient, comme des fidèles devant l'autel. Et soudain, une voix céleste s'éleva, qui chantait un cantique.

— Mon téléphone ! cria Marcelline en fouillant dans son sac, d'où elle tira l'objet susnommé, qu'elle approcha de ses lunettes.

— C'est lui ! hurla-t-elle en montrant l'écran digital. C'est Thibault !

— Décrochez ! Vite ! s'emporta Gicquiaud.

Elle pressa une touche et porta l'appareil à son oreille. Aussitôt, son sourire disparut. Puis elle devint grise.

— Qu'est-ce qu'il a dit ? s'impatientait le commissaire.

— Ce n'était pas lui. C'était une voix.

— Une voix ? Qu'est-ce qu'elle a dit ?

— Je n'ai pas bien compris. Juste un nom : Saint-Anselme.

— Je connais ! rugit Bourdin. C'est un lieu-dit, à cinq kilomètres dans la cambrousse. Je vais chasser par là-bas, quelquefois.

Le commissaire attrapa son manteau, ouvrit un tiroir, y prit un holster un peu poussiéreux.

— On fonce, Bourdin. Prévenez tout de suite l'ambulance. Je veux toute l'équipe sur place. Monsieur, dame, vous restez ici pour l'instant.

Ils dévalèrent l'escalier du commissariat. Bourdin donnait des ordres dans son téléphone portable. Quelques minutes plus tard, ils fonçaient vers Saint-Anselme, se frayant à coups de volant une voie dans les encombrements.

— Mettez le gyrophare, Bourdin, nom de dieu ! et la sirène !

— C'est quoi, votre idée, commissaire ?

— Je n'ai pas d'idée. Je sais juste que, pour la première fois, ce type nous a indiqué où se trouvait sa victime.

— Vous pensez que c'est le type ?

— J'en suis sûr.

— Mais pourquoi nous prévient-il ?

— Pour nous donner une petite chance de retrouver le gamin vivant. Accélérez.

— Monsieur Picard ? Monsieur Picard, réveillez-vous, s'il vous plaît. C'est très urgent. Un appel de la police française. Il est arrivé quelque chose à votre fils.

Le directeur du grand hôtel d'Al Jahrah, extrêmement embarrassé, se tenait au pied du lit, un téléphone à la main. Le père de Thibault, hagard, encore perdu dans un rêve effrayant, ouvrit trois fois la bouche avant d'émettre une espèce de son vide. Puis il s'assit, tendit la main, attrapa le combiné, agita l'autre bras pour congédier le directeur. Péniblement, il émit un allô gargouillant.

— Monsieur Picard ? articula une voix nette. Ici le commissaire Gicquiaud. Je suis désolé de devoir vous apprendre que votre fils a été victime d'une agression. Il a malheureusement reçu une balle dans la poitrine.

M. Picard s'étrangla. Il crut voir passer devant ses yeux une myriade de tarentules volantes.

— Thibault n'est pas mort, précisa tout de suite le

commissaire. Mais nous ne pouvons vous cacher que son état est extrêmement préoccupant. Il est actuellement au bloc opératoire. Les médecins réservent leur pronostic. Il faut que vous rentriez tout de suite, monsieur Picard.

Bourdin regardait son patron téléphoner. Il était très heureux de ne pas avoir à se charger lui-même de ce genre de mission. Annoncer les catastrophes aux familles. Un des pires aspects du métier. Mais le commissaire s'en tirait très bien. Un peu sec, peut-être, un peu formel. Mais que fallait-il dire ? Qu'on avait retrouvé le pauvre gosse derrière un fourré, baignant dans son sang ? Que l'attente de l'ambulance avait été un véritable supplice, et que le chirurgien s'occupait de Thibault depuis bientôt trois heures ?

Le commissaire raccrocha, et s'épongea le front.

— Alors ? demanda timidement Bourdin.

— Un sale type, répondit Gicquiaud. Je ne sais pas pourquoi, mais il ne m'a pas fait bonne impression. Qu'est-ce qu'il fout au Koweït, vous pouvez me le dire ?

Bourdin ne savait pas. Il se tut. Il eut envie de poser sa tête contre le bureau, comme Ajax.

— Quand même, commissaire, c'est bizarre de donner un nom de détergent à un chien.

— Bourdin ! Ajax était un héros de la guerre de Troie. Est-ce que l'équipe a trouvé quelque chose, à Saint-Anselme ?

— Rien, commissaire, comme d'habitude. Peut-être une trace de pneu. On compare avec celles qui ont été relevées sur la scène du meurtre de la petite Emma.

— Et la balle ?

— Même modèle que pour les filles,

Gicquiaud s'affala dans son fauteuil endolori.

— Il y a quelque chose qui ne va pas, pensa-t-il à haute voix. Bourdin, est-ce que la psychologue est toujours là ?

— Oui, commissaire, elle s'occupe des domestiques. Ils sont effondrés.

— Faites-la venir. Dites que c'est urgent. Les besoins de l'enquête.

Quelques minutes plus tard, Mme Legrand s'asseyait en face du commissaire.

— Il faut que vous m'expliquiez pourquoi il ne l'a pas tué. Et pourquoi il nous a prévenus.

— On ne peut qu'émettre des hypothèses, commissaire.

Gicquiaud s'agaça :

— Votre boulot, c'est d'émettre des hypothèses, alors ?

— Oui, commissaire. Comme le vôtre.

— Très bien. Je vous écoute.

— J'ai déjà eu l'occasion de l'expliquer. Les tueurs en série sont souvent, paradoxalement, très respectueux de la morale. De *leur* morale. Dans le monde où vit notre tueur, certaines jeunes filles, pas toutes, doivent être assassinées. Thibault Picard ne fait pas partie de son programme d'extermination. Il s'est trouvé sur sa route. Il a voulu l'empêcher de le dénoncer. Et comme il s'agit d'un excellent tireur, il a placé la balle où il fallait, pour le plonger dans le coma, et lui laisser une chance de survivre.

— Donc le gamin le connaît.

— C'est l'hypothèse la plus vraisemblable.

Le commissaire assomma son sous-main, d'un coup de poing monumental.

— Mais merde ! Pourquoi n'a-t-il rien dit, le petit con !

— Thibault a une histoire familiale assez difficile. Il a sans doute ses raisons. Je vous conseille de vous reposer un peu, commissaire.

Adé avait appris la nouvelle en arrivant au lycée. On ne parlait que de ça. Morte d'inquiétude depuis la veille, quand elle ne l'avait pas vu l'après-midi, elle n'avait cessé d'appeler Thibault sur son portable.

Elle se trouvait dans le gymnase, avec les autres élèves de la classe. Une classe décimée. Elle pensa aux pays en guerre, aux écoles peuplées de petits fantômes. Tous les élèves, accablés, respectaient une minute de silence pour Thibault, à la demande d'Anthony.

— Ceux qui le souhaitent peuvent prier, avait ajouté le jeune homme. Thibault est toujours dans le coma, mais les médecins semblent plus optimistes. On va y croire, d'accord ? Tous ensemble, on va penser très fort à Thibault, et on va y croire.

Le regard d'Adé parcourut lentement le gymnase, les visages creux et gris, les tenues de sport fripées. Tout lui parut sale et vieux. Même Anthony avait les traits tirés, les yeux rouges. Des poils de barbe perçaient ses joues.

Peu à peu, la réalité se mit à revêtir une allure monstrueuse. Les agrès évoquaient des instruments de torture, des pals, des piloris, des sellettes. Elle eut envie de vomir, se leva et courut se réfugier dans le vestiaire où elle put pleurer tout son saoul. Les sanglots sortaient d'elle par spasmes, comme des caillots de larmes. Son estomac se contractait. Elle n'avait pas mangé, pas dormi de la nuit. Si elle avait eu le courage de dire à Thibault qu'elle l'aimait, il n'aurait peut-être pas pris de risques.

Et puis, insensiblement, une petite voix intérieure (qui ressemblait bizarrement à celle de Rod) se mit à lui parler. Elle lui disait de se secouer, de réfléchir un peu. Ce que Thibault aurait attendu d'elle, à coup sûr, c'était qu'elle agisse. Qu'elle imagine ce qui avait pu se passer, et qu'elle poursuive son action. Du courage. De la méthode.

Commencer par chercher un mouchoir. Elle palpa ses poches. Rien. Elle avisa son sac de classe, qu'elle n'avait pas ouvert la veille, à cause de l'angoisse qui la tenaillait. Elle avait toujours un paquet de kleenex dedans, à cause d'Emma qui adorait pleurer. Pauvre Emma. Elle fouilla, ne trouva rien, perdit patience et vida le contenu du sac sur le sol du vestiaire. C'est alors qu'elle avisa un livre qu'elle ne connaissait pas, un vieux livre jaunâtre, soigneusement couvert. Le livre que Thibault avait emprunté à la bibliothèque. Immédiatement, l'image du garçon la traversa, elle le revoyait, le nez plongé dans le bouquin.

La sonnerie retentit, et ses idées se dispersèrent. Au moment où elle rangeait ses affaires dans son sac, Anthony frappa trois petits coups à la porte du vestiaire et entra. Puis il s'assit à côté d'elle. Tout près.

— Ça va mal, miss ?

Il désigna du menton le désordre de cahiers et de manuels qui jonchaient le sol carrelé.

— Je cherchais…, murmura Adé, je cherchais des mouchoirs.

Ses mains s'étaient crispées sur le livre. Quelque chose comme un commencement d'idée commençait à sinuer dans le fond de sa cervelle douloureuse, mais c'était loin, encore. Presque informe. Elle rangea ses affaires, précipitamment.

— Tu l'aimes beaucoup, hein, Thibault ? J'ai remarqué que tu avais un petit faible pour lui.

Il sourit. Adé ne répondit rien.

— Écoute, j'ai demandé à l'administration d'appeler tes parents. J'ai fait dire que tu n'étais pas en forme. Il vaut mieux que tu rentres chez toi. Ça risque d'être trop dur, toute la journée, ici. Qu'en penses-tu ?

Elle acquiesça, d'un hochement de tête découragé. Des nébuleuses lui passaient dans la tête. Elle était vide, pleine d'étincelles poussiéreuses. Elle se leva, ramassa ses affaires, sortit du vestiaire au moment où les autres élèves y entraient, sans lui accorder beaucoup d'attention. Tout le monde semblait enfermé dans une sphère de tristesse anxieuse, incapable d'aider les autres. Comment la mort au travail pouvait-elle faire tant de dégâts ? La blessure de Thibault infectait le monde entier.

Elle franchit la grille du lycée et arpenta l'asphalte jonché de feuilles et de débris. Il fallait rester concentrée. Penser à ce livre. Il le lui avait laissé dans une intention précise. Il comptait sur elle pour comprendre. Elle se repassa sans fin l'image. Thibault à la bibliothèque. Qu'est-ce qui lui avait paru bizarre, à ce moment-là ? Et pourquoi cette impression de bizarrerie avait-elle été comme réactivée, tout à l'heure, sur le banc du vestiaire ? Elle demanderait à Rod. Mais il n'avait rien vu, à la bibliothèque. Il était plongé dans ses éléphants.

Elle s'arrêta, posa son sac sur un banc, en sortit de nouveau le livre. Elle s'aperçut qu'elle n'en avait même pas lu le titre. C'était fou ! Comme si ce titre n'avait pas beaucoup d'importance. Comme si l'attitude bizarre de Thibault avait été, justement, plus importante que le titre du livre.

Il s'agissait d'un ouvrage ancien. Elle s'immobilisa : *Le miroir des femmes vertueuses*. Elle l'avait vu chez Bergeret. Et alors quoi ? La fausse piste n'en était pas une ? Thibault avait finalement établi que l'intendant était bien le tueur ? Non, ça n'allait pas.

Se concentrer sur l'image de Thibault, le nez dans le livre. Elle l'ouvrit, et essaya de reproduire exactement le geste de son ami. Et le petit début de commencement d'idée qui s'était formé, dans le vestiaire, se mit à grossir. Elle y était presque. Ça palpitait, comme un poisson sous la surface. Il fallait l'attraper. Elle recommença le geste. Une voiture s'arrêta, à sa hauteur.

— Monte, Adé. Je vais te raccompagner.

Elle tourna la tête. Anthony lui souriait, au volant de sa 206 *Sexy*. Il portait des lunettes de soleil. Un mois plus tôt, la seule perspective d'une telle situation l'aurait fait s'évanouir de bonheur. Maintenant, elle se fichait de tout.

— J'ai une heure de trou, avant mon prochain cours. Et j'ai l'impression que tu ne vas pas bien du tout. Je préfère te déposer, je serai plus tranquille. Monte !

Elle monta.

Et c'est au moment où, dans un claquement sec, les quatre portières se verrouillaient, qu'elle comprit.

Thibault avait le *nez* dans le livre. Pas les yeux. Il reniflait les pages. Et il avait reconnu le parfum qui y flottait. Un parfum entêtant, singulier, reconnaissable entre tous. Ce même parfum qui imprégnait tout l'habitacle de la voiture où Adé se trouvait maintenant prisonnière. Le parfum d'Anthony.

En quelques secondes, elle se rappela la séance de gymnastique. La boule puante, les paroles du prof de gym : « Je suis obligé de m'asperger avec un parfum très fort, pour être sûr de ne pas trop sentir la sueur. »

Elle tourna la tête vers Anthony, qui conduisait avec prudence, dans des rues qu'Adé ne connaissaient pas mais dont elle était sûre qu'elles ne la ramèneraient jamais chez elle. Et de toute façon, c'était évident. Il avait prétendu avoir demandé à l'administration d'appeler ses parents. Mais ses parents travaillaient. Il n'y avait personne chez elle. Il avait menti, et maintenant il allait la tuer comme il avait tué toutes les autres.

— À la façon dont tu me regardes, énonça-t-il froidement, je pense que tu as tout compris. Tu es moins stupide que tu n'en as l'air.

Non. Elle n'y arrivait pas. Elle n'arrivait pas à recoller les morceaux. Les tracts. Les corps sans vie. Comment Anthony pouvait-il en être l'auteur ?

— C'est une assez longue histoire, dit-il, comme s'il lui répondait. Mais je vais prendre le temps de te la raconter. Je te la dois. Normalement, tu étais la dernière sur ma liste, pour cette ville-ci. Tu étais la reine, la pire, la reine des pouffes, Adélaïde Manchec.

Il émit un rire doux.

— Sans l'intervention de ton petit camarade, tu aurais bénéficié de quelques jours supplémentaires de survie. Mais il faut que je me débarrasse de toi. Ça me contrarie un peu. J'aime l'ordre, tu comprends. J'avais mon classement. Je vais te montrer tout ça. Nous allons faire une petite halte chez moi, je dois récupérer mon matériel.

Puis il se tut. La pluie se mit à tomber. Adé, d'habitude, adorait les essuie-glaces, et se laissait volontiers hypnotiser par eux. Anthony s'engagea dans un lacis de petites routes, longea des hangars, franchit des ronds-points puis finit par se garer derrière une maison tranquille, écartée.

— Mon petit chez-moi. Inutile d'essayer de faire du scandale. Les voisins ne sont pas chez eux à cette heure. Descends, je te suis.

Elle marcha sans protester jusqu'au portail, traversa le jardinet, attendit devant la porte qu'il la fasse entrer.

À l'intérieur, il faisait sombre.

— Et voilà. C'est ici que j'ai trouvé le petit Picard. Tu te rends compte. Il m'avait piqué ma clé, pendant un cours de sport. J'ai remarqué son manège. J'avais bien vu que, depuis quelques jours, il essayait de voir où je rangeais mon trousseau. Je lui ai facilité les choses. Il a été assez discret, je dois dire. C'est un garçon doué. Viens, je vais te faire visiter, jeune reine.

Adé, maintenant, réfléchissait à toute vitesse. Involontairement, Anthony lui avait donné du courage, en parlant de Thibault. Elle sentait sa présence. Il était venu là, avant elle. Elle comprit qu'il fallait gagner du temps. Elle ne parvenait pas encore à se défaire de l'image du gentil prof de sport, jeune, moderne, psychologue. Elle ne pouvait pas la faire coïncider avec celle d'un tueur en série maniaque, misogyne, hanté par des obsessions morbides de pureté et de mort. Le faire parler. Lui faire expliquer. Et profiter de la moindre faille.

Une fois de plus, pourtant, ce fut comme si Anthony lui répondait, comme s'il lisait en elle.

— Tu te demandes comment un jeune abruti de prof de gym a pu pondre des tracts aussi bien écrits ? Comment un gentil garçon, si cool, si sportif, si bien fringué peut détester à ce point les petites minettes dans ton genre ? Des filles folles de lui ? C'est injuste, n'est-ce pas ?

Il la poussa dans une autre pièce, et elle ouvrit de grands yeux, comme Thibault l'avait fait, dans les mêmes circonstances.

Car la pièce était pleine de livres, de feuillets, de vieux journaux. Et elle reconnut, sur les tranches, les noms de plusieurs auteurs découverts chez Bergeret.

— Eh oui. Le prof de gym est un sale intello. Un lecteur. Un fou de dictionnaires. Et il aime les mêmes livres que le vilain M. Bergeret. Il partage les mêmes idées. Mais il a le courage d'agir, lui. Assieds-toi.

Comme elle tardait à obéir, il la poussa, avec une violence surprenante, dans un vieux fauteuil où elle s'écroula. Aussitôt après, il ouvrit un tiroir et en sortit un pistolet noir qu'il braqua sur elle.

— Je te présente mon vieux complice. Celui qui a rayé de la carte quelques-unes de tes meilleures copines. Méfie-toi, il n'a aucune patience avec les pourritures de ton espèce.

Il sourit, parut se radoucir, mais sa voix et ces propos démentirent cette impression.

— Il y a longtemps que j'ai compris qui vous êtes, toi et les autres larves. Vous êtes le produit immonde d'une décomposition de la société, pourrie par l'argent, pourrie par le sexe. Vous êtes une bande de petites femelles en chaleur, arrière-petites-filles d'Eve, des chiennes lubriques.

Adé blanchit.

— J'ai lu les livres des anciens, tous ceux qui traitaient la question de la décadence morale. J'ai vu clair. J'ai assisté à des réunions, à des conférences. M. Bergeret ne se souvient pas de moi, mais à ton âge, j'ai participé à des séances d'entraînement pour la jeunesse, qu'il animait avec d'autres. Des stages un peu particuliers, qui nous apprenaient à endurcir notre corps, à utiliser correctement des armes à feu. Nous lisions des textes fondateurs et apprenions à craindre Dieu. À ton âge, je savais déjà qu'il allait falloir épurer le monde, séparer le bon grain de l'ivraie, préparer le Jugement dernier. Ma stratégie est simple. C'est celle de la terreur. En tuant les filles dans ton genre, je pouvais espérer, d'une part, éveiller les consciences, car je sais que beaucoup pensent comme moi, et laisser leur chance aux vraies femmes, aux mères futures, celles qui donneront au monde des enfants nouveaux, et feront renaître l'Espérance. Bien sûr, je n'y arriverai pas tout seul. Un jour ou l'autre, on m'arrêtera. Mais d'autres prendront la relève.

Adé se concentra. Il était fou. Il fallait qu'il parle encore. Elle repensa aux explications de Mme Legrand

222

sur les tueurs en série. Leur rigueur morale. Trouver une faille dans sa logique.

— Comment…, parvint-elle à bredouiller, comment avez-vous fait ?

Il ricana, ravi de manifester sa puissance.

— Ma pauvre petite ! Comment j'ai fait ? C'est tellement facile. Se connecter sur vos blogs, suivre les progrès de vos petites intrigues, de vos mesquineries, de vos risibles amours. Et puis établir des listes et des classements. Laquelle mérite de mourir la première ? Qui sera la suivante ? C'est tellement amusant de vous prendre à vos propres pièges. Les téléphones portables, par exemple. Vos jolies amulettes. Donner de faux rendez-vous auxquels vous vous précipitez, innocentes et offertes. Et ensuite, boum.

Il mima le boum.

— Entre vos deux yeux étonnés. Ou dans votre cou gracile. Et puis le sang. Tout est fini. À la suivante.

Il rêva, un moment.

— J'ai eu de bons moments. Par exemple, quand je me suis amusé avec ce pauvre Arnoux. J'ai caché dans sa poche le portable de Valentin Van Grunderbeeck, le petit fiancé de la pauvre Pauline Dumas. Et puis, pendant qu'on nous faisait poireauter dans les couloirs du commissariat, en attendant de nous interroger, je suis sorti en prétextant que j'allais aux toilettes. J'ai piqué un sprint jusqu'à la cabine téléphonique toute proche du commissariat, j'ai fait sonner le téléphone dans la poche d'Arnoux et je suis revenu en quatrième vitesse. Il est si facile de brouiller les pistes. Les gens ne regardent pas. Ils ne voient rien. Mon costume de gentil prof de sport branché, un peu niais, m'assure une totale invisibilité, et la possibilité de m'entraîner constamment, de lire sans qu'on s'en doute. Je suis sûr que ce décérébré de Gicquiaud tombera des nues quand la vérité éclatera.

Adé écoutait d'une oreille. Elle réfléchissait si fort qu'elle avait l'impression de sentir remuer des rouages dans son cerveau, des mécanismes déchaînés qui moulinaient dans le vide. Mais l'angoisse s'était un peu calmée. Il lui restait une carte à jouer. C'était très dangereux. Mais faisable. À cette heure-ci, personne n'était à la maison, elle ne ferait courir aucun risque à Rod ni à ses parents. Ne pas penser à eux, pour le moment, ne pas laisser la boule se former dans sa gorge.

— Il y a quelque chose, parvint-elle à émettre, d'une voix de chaton nouveau-né, il y a quelque chose qui ne colle pas.

Anthony se tourna vers elle et la regarda, avec la légère contrariété du mangeur de confiture devant un pot trop bien fermé.

— Je ne suis pas, dit Adé, je ne suis pas une fille comme… comme celles que vous dites. Je ne suis pas une. Enfin. Je ne suis pas une pouffe.

Anthony se mit à rire si fort, qu'Adé se demanda si elle ne pourrait pas, comme dans les films, en profiter pour lui jeter un tabouret à la tête, s'emparer de son arme, hurler : « Plus un geste ! », des choses comme ça. Mais elle ne vit aucun tabouret, et Anthony avait déjà fini de rire.

— Tu es la pire d'entre elles ! hurlait-il, la plus sophistiquée. Tu crois que je n'ai pas observé tous les détails de ton habillement, que je n'ai pas lu avec attention les pages que tu consacres, dans ton blog, à l'art de séduire les garçons ou de harceler les filles gentilles, les filles normales ? Tu es un poison. La plus méchante, la plus raffinée des gourgandines.

— C'est un déguisement, coupa Adé. Comme dans *Lorenzaccio*. Écoutez-moi. Juste cinq minutes.

Et, sans reprendre son souffle, elle lui raconta tout. Sa grand-mère, ses changements de tenue, ses parents. Sa double vie.

— Vous ne pouvez pas me tuer. Ce serait… ce serait une erreur judiciaire.

Elle osa enfin lever un œil sur Anthony. Son discours avait-il porté ? Elle n'y croyait plus trop, maintenant. C'était tellement invraisemblable. Et pourtant. S'il voulait bien accepter de vérifier ses dires. Elle gagnerait du temps. Peut-être trouverait-elle un moyen de prévenir quelqu'un. Peut-être obtiendrait-elle qu'il ne la tue pas. Non. Ridicule. Impensable.

Et pourtant, quelque chose semblait se passer. Anthony réfléchissait.

— Tu es futée, concéda-t-il au bout d'un moment. Même si tu viens d'inventer toute cette histoire, elle est astucieuse. Je vois bien que tu veux gagner du temps.

— Si vous me tuez, vous sacrifiez une innocente. Je suis, justement, une de ces filles honnêtes que vous aimez.

— Honnêtes ? Alors que tu as recours au mensonge, à la dissimulation ?

— Vous connaissez aussi bien que moi la puissance des pouffes. Leur méchanceté. Je ne pouvais pas les affronter seule. Et puis… et puis je devais connaître mes ennemies, les approcher, lutter contre elles avec leurs propres armes. Mais vous voyez, depuis quelque temps, je me suis rapprochée de Thibault. Bientôt, on allait être assez forts, lui et moi, pour les combattre.

Anthony sourit.

— Tu m'es sympathique. Et tu parles mieux que les autres décérébrées. Mais je devine que tu veux gagner quelques minutes de vie. De toute façon, n'espère rien. Tu sais qui je suis, tu ne peux pas survivre. Que me proposes-tu ?

— Je veux juste vous prouver que je ne mens pas. Ensuite, vous ferez de moi ce que vous voudrez. Mais en connaissance de cause. Si je dois mourir, je ne veux pas que ce soit au même motif que les autres. C'est une question de… de dignité. Venez avec moi chez moi. Il n'y a personne, à cette heure. Vous ne trouverez aucun vêtement de pouffe. Vous verrez mes livres. Et puis nous irons chez ma grand-mère, je vous montrerai mes déguisements.

Anthony fronça les sourcils.

— Ridicule. À la première occasion, tu vas hurler, alerter quelqu'un.

— Il n'y aura aucune occasion. Vous me conduisez en voiture. Nous ne rencontrerons personne. Ma grand-mère a Alzheimer. Elle est incapable de prendre la moindre initiative. Et puis, vous avez votre arme, non ? Vous avez peur ? Vous avez peur d'une gamine et d'une vieille dame ?

Il se redressa, et attrapa Adé par le col.

— Je n'ai jamais eu peur. De rien, ni de personne.

À cet instant, il se produisit quelque chose d'extraordinaire.

On sonna à la porte. Ils sursautèrent tous les deux, comme des enfants pris en faute. Anthony plaqua sa main sur la bouche d'Adé.

— Un mot et tu es morte.

Mais on sonnait toujours, et une voix se fit entendre, qu'ils reconnurent, tous les deux :

— Anthony ? Je sais que tu es là. J'ai vu ta voiture. Ouvre.

Adé se mit à ne plus rien comprendre. Elle suait abondamment, ce qui ne lui était encore jamais arrivé.

C'était la voix de M. Arnoux.

Anthony glissa l'arme dans son pantalon large.

— Je vais lui ouvrir. Si tu dis quoi que ce soit, vous y passez direct. Tous les deux.

Puis, en quelques secondes, il dessina sur son visage un merveilleux sourire, tendre et un peu bête.

— Fais comme moi. Sois aimable.

Il ouvrit la porte.

— Antoine ! ça alors ! Qu'est-ce qui t'amène ?

M. Arnoux entra, sourcils froncés, bousculant Anthony.

— Adélaïde ! s'exclama-t-il. Je t'ai vu monter dans la voiture d'Anthony, tout à l'heure. J'ai eu un doute. Un pressentiment. Que se passe-t-il ?

Adé, recroquevillée sur son siège, voyait, tout près du sien, le visage inquiet de M. Arnoux et, au second plan, la silhouette menaçante d'Anthony, qui esquissait lentement le geste de récupérer son arme.

Elle toussa, et sourit à son tour.

— Rien du tout, monsieur Arnoux. J'ai craqué, tout à l'heure, en cours de sport. J'ai voulu parler avec Anthony, parce qu'il... il me comprend. Je ne voulais pas rentrer chez moi, mes parents travaillent. Je ne veux pas être seule. J'ai peur. Il m'a proposé de venir passer une heure chez lui. Je suis complètement perdue, à cause des... meurtres. Et puis... Thibault.

Anthony, dans le dos d'Arnoux, fit un clin d'œil ravi à sa petite complice et reposa ses mains sur ses hanches.

— C'est bien que tu sois venu, Antoine. Je te sers à boire ?

M. Arnoux se redressa. Il paraissait toujours soucieux.

— Je veux bien. Si tu as du café. Je suis désolé. La pression est si forte, en ce moment. Je me suis imaginé. J'ai sauté dans ma voiture. C'est idiot.

— Assieds-toi donc. Tu as bien fait. C'est dingue, quand même. Il faut qu'un tueur en série sévisse pour qu'un prof de français daigne rendre visite à son collègue de sport. Quand je pense que tu n'étais jamais venu avant. Sale intello !

Arnoux protesta.

— Voyons, tu sais très bien que…

— Je plaisante, sourit Anthony en préparant un café, derrière le bar qui séparait le salon du coin cuisine.

Mais il ne quittait pas des yeux son collègue, qui s'était laissé tomber dans un fauteuil, en face d'Adé. La petite s'efforçait d'imprimer à ses traits une neutralité fatiguée, préoccupée.

— C'est monstrueux, dit Arnoux. Tout ce qui se passe. Il faut que tu tiennes bon, Adélaïde. Tu sais que tu peux compter sur tes professeurs. Sur Mme Legrand. Je suis sûr que ce fou va être bientôt arrêté. Il va forcément commettre une erreur.

— J'en serais surpris, répondit Anthony. Ces gens-là sont souvent d'une intelligence supérieure.

Adé ne répondit pas. Elle s'était remise à penser de toutes ses forces. Comment faire passer un message à M. Arnoux ? Et quel message ? Comment lui faire comprendre à la fois qu'Anthony était le tueur, et qu'il fallait qu'il s'en aille, dès que possible, qu'il n'essaie surtout pas d'intervenir, de la sauver directement ? Elle avait envie de pleurer. Cette présence bienveillante, à ses côtés, constituait une torture supplémentaire.

— Tu sembles vraiment épuisée, Adélaïde, s'inquiéta M. Arnoux. Essaie de nous parler. Dis-nous ce que nous pouvons faire pour toi.

Réfléchir vite. Elle pensa : « Il est là ! Il est sous tes yeux. Tu ne le vois pas ! »

Ça lui rappelait quelque chose. Une histoire qu'ils avaient lue, avec M. Arnoux. Une histoire de lettre volée. La police recherchait partout une lettre volée, dans l'appartement d'un homme, retournait les planchers, sondait les meubles, et la lettre était là, devant eux, visible, froissée. Ils ne la voyaient pas parce qu'elle était sous leurs yeux. Si elle pouvait faire une allusion à cette histoire, une allusion que seul M. Arnoux décrypterait, peut-être pourrait-il poursuivre le raisonnement. Deviner ce qu'il fallait faire.

Elle se rappela qu'un des personnages de la nouvelle était un préfet de police stupide, qui trouvait bizarre tout ce qu'il ne comprenait pas. Comment s'appelait-il, déjà ? Si elle prononçait son nom, peut-être. Mais non. Il n'était désigné que par une initiale. Quelle idée idiote ! Pourquoi ne pas donner un nom aux personnages ? Elle continua de réfléchir. L'allusion à la « lettre volée » était une bonne idée. M. Arnoux comprendrait. C'était l'homme le plus intelligent du monde, avec Thibault. Qu'est-ce qu'il y avait d'autre, dans cette fichue nouvelle ? Elle se concentra, se remémora le cours, ferma les yeux. À la fin de la nouvelle, l'auteur citait deux vers, qui parlaient de deux frères, dans la mythologie, dont l'un, par vengeance faisait manger ses enfants à l'autre. Comment s'appelaient-ils ? Si elle pouvait retrouver ces vers, ou un fragment.

Elle fit un effort immense. Sa mémoire était excellente. En outre, elle avait répété ces vers, qui lui plaisaient. Elle les avait notés dans son carnet de citations. Il y avait le mot « dessein ».

Ça y était : « Un dessein si funeste ». Et puis : « S'il n'est digne d'Atrée est digne de Thyeste. » Oui, c'est lui. Atrée, qui tue et fait cuire les enfants de Thyeste.

Elle hésita. C'était trop dangereux. Et pourtant.

— C'est ce tueur, murmura-t-elle. Son projet de tuer toutes les filles qui... Je suis sûr que ce sera bientôt mon tour.

— Son projet, répéta pensivement Arnoux. Un plan de fou furieux.

— Un dessein..., bredouilla Adé. Un dessein si...

Elle se tut. C'était déjà beaucoup. Et jeta un regard suppliant à son professeur de français. Anthony, là-bas, semblait un peu distrait par les éructations de la cafetière.

D'abord, M. Arnoux sembla n'avoir pas entendu. Puis, d'une voix lointaine et grave, il récita :

— « Un dessein si funeste, s'il n'est digne d'Atrée, est digne de... »

Adé se mit à trembler. Il ne fallait pas qu'il parle trop. Elle chercha de nouveau son regard, le trouva, et lui intima de se taire. Puis elle fit glisser lentement ses pupilles vers Anthony.

M. Arnoux était devenu songeur. Il venait de comprendre qu'Adé lui adressait un message. Mais le déchiffrerait-il complètement ? La jeune fille fit mine de retomber dans sa prostration. Elle espéra que M. Arnoux était en train de nouer un à un les fils : la citation. La nouvelle d'Edgar Poe. C'était ça. Edgar Poe. Traduction de Baudelaire. *La lettre volée*. Ce que nous cherchons se trouve sous nos yeux. Celui que tu cherches est là, tout près de toi. Elle osa de nouveau un regard en direction de M. Arnoux, qui remuait doucement les lèvres.

Allez. Réfléchissez, M. Arnoux. Et quand vous aurez compris, surtout, ne dites rien. Trouvez un prétexte pour prendre congé dès que possible. Allez prévenir la police. Vite, vite.

Anthony apportait deux tasses de café et un verre de jus d'orange, sur un plateau.

— Ce qui m'étonnera toujours, dit-il d'une voix gaie, ce sont les préjugés.

— Les préjugés ? demanda mécaniquement Arnoux, un peu pâle.

— Oui. On classe les gens dans des catégories. Toi, par exemple, tu es considéré comme un homme cultivé, fin, raffiné. Et moi, en qualité de prof de sport, je suis l'abruti de service. Et tous les efforts que tu fais pour me persuader du contraire ne font que confirmer ton préjugé. Et la petite Adé le partage, c'est bien ce qui m'attriste le plus.

Il se tourna vers elle.

— Qu'est-ce que je t'ai expliqué, tout à l'heure, Adé ?

Adé déglutit.

— Je t'ai dit que, malgré mon goût pour l'exercice physique, je me suis toujours passionné pour les lettres. Et imagine-toi que j'ai, moi aussi, une excellente mémoire.

Il posa le plateau sur la table basse, et s'adressa à son collègue.

— Alors je vais t'expliquer ce que cette petite rouée a essayé de te dire. Elle a cité la fin de la nouvelle de Poe, *La lettre volée*, pour te faire comprendre que celui que tu cherches, c'est moi. Le tueur fou. Le tueur en série. Et je trouve son idée assez astucieuse. Je suis presque convaincu que tu n'es pas celle que je croyais. Moi aussi, j'ai peut-être été victime d'un préjugé.

Adé et Arnoux s'étaient figés sur leurs sièges.

— Mais malheureusement, poursuivit Anthony en sortant son arme, tu ne me laisses plus le choix, Adé. Je dois éliminer ce malheureux Antoine qui, sans ton intervention, serait sorti d'ici rassuré, et réconforté par mon café, que je crois excellent. Désolé pour toi, vieux. Ta première visite sera la dernière.

Il appuya sur la détente. M. Arnoux tressauta, puis s'écroula sans un cri.

— On est arrivés, indiqua Anthony. Descends.

Le regard d'Adé se fraya un chemin à travers la bouillie de larmes collantes qui lui emmêlaient les cils, et se posa sur sa propre maison. La maison de ses parents, où elle avait grandi depuis déjà, lui semblait-il, si longtemps, où elle s'était si souvent et si joyeusement battue avec son petit frère, où elle était restée si souvent au lit le matin, grâce à de délicieuses poussées de fièvre qui faisaient trembler la tapisserie. Et maintenant, elle allait y faire entrer un tueur fou, sportif, cultivé, séduisant. L'amoureux idéal. Le tueur de pouffes.

— Descends, répéta-t-il. On va finir par avoir l'air louche.

Depuis l'exécution de M. Arnoux, Anthony paraissait moins détendu. Adé devinait que c'était à cause de sa maniaquerie obsessionnelle. Il détestait déranger ses plans, déplacer les lignes. Il n'avait pas dû aimer blesser Thibault non plus. Et alors ? Est-ce que cela pouvait, d'une façon ou d'une autre, aider Adé à s'en sortir ? Elle se sentait fatiguée, lasse de réfléchir, découragée. Elle avait vu le doigt du tueur presser la détente, et elle avait pris conscience pour la première fois de la disproportion entre ce geste minuscule et ses effroyables conséquences. Un léger déplacement de l'index, et les entrailles éclatent, les idées se désintègrent à jamais.

Elle descendit de la voiture, marcha sur le trottoir jusqu'à la porte d'entrée, gravit les deux marches si douloureusement habituelles, chercha sa clé. Anthony la suivait. Il mâchait un chewing-gum et serrait le Beretta dans la poche ventrale de son jogging. Il commençait à faire beau.

— Ouvre vite.

Maintenant, ils étaient dans l'entrée. D'habitude, à cet endroit, Adé soufflait, laissait fuir les soucis, les mensonges de la journée. D'habitude, elle avait quitté sa tenue d'adolescente et revêtu son costume de petite fille, d'enfant éternel, éternellement dévouée à l'amour frais de ses gentils parents.

— C'est pas mal, chez toi. On fait le tour et on dégage. Montre un peu ta chambre.

Elle le regarda. Il était nerveux. C'était donc ça, la folie ? Ce maniaque avait accepté de venir vérifier qu'Adé n'était pas une « fille perdue », une « hétaïre à venir ». Ce dingue vivait dans un autre temps, un autre monde, et son délire était rigoureux. Ses coups de feu faisaient des trous dans la réalité.

La maison était silencieuse. Un vague grondement, le chant des tuyaux, la vibration électrique des cloisons, les ondes qui passaient, l'aération, le frigo.

Et puis. Non. Au premier étage, tout à coup, des pas. C'est surprenant, le bruit que font des pas sur

234

un plancher. Des pas dans une maison si silencieuse et supposée déserte. Des pas innocents, joyeux, pleins de vie, suspendus.

Anthony, en une seconde, s'était glacé. Son visage n'exprimait plus rien. Adé vit la bosse que formait l'arme dans sa poche. Elle n'arrivait pas à emboîter toutes les pièces du puzzle qu'était devenue sa vie.

Heureusement, la mécanique de ses pensées s'était remise en marche, avec une vitesse et une facilité qui ne l'étonnèrent même pas. Elle comprit que Rod était là, parce qu'elle venait de se rappeler que, le matin, quand elle était partie au lycée, il était un peu souffrant. Elle n'y avait pas prêté attention. Elle devina que ses parents avaient dû autoriser le gamin à rester sous la couette et maintenant il était là, il marchait sur le plancher, il avait entendu s'ouvrir la porte d'entrée, il venait voir, il allait descendre l'escalier dans une seconde, et tout le monde allait mourir, et c'était la confirmation que le monde était une mauvaise plaisanterie.

— Adé ? C'est toi ?

Elle fit un pas vers Anthony et le supplia :

— Mon petit frère. Je ne savais pas qu'il était là. S'il vous plaît !

S'il vous plaît quoi ? Quelle idiote !

Mais à sa grande surprise, Anthony se détendit. Il sourit et murmura :

— Ton petit frère ? Je l'aime bien. Le bébé éléphant. Si tu ne dis rien, ça ira. Au moindre faux pas, boum. Sois normale. Il arrive.

Rod venait d'apparaître, en chaussettes, un peu pâle, les yeux bouffis. Il vit d'abord Adé puis Anthony, et s'immobilisa.

— Ta sœur ne se sentait pas très bien. Je l'ai raccompagnée, expliqua Anthony avec un sourire suave. C'est plus prudent. Et toi ? Tu n'es pas à l'école ?

— J'ai une gastro, avoua Rod. J'ai vomi, développa-t-il.

— Holà, s'écria Anthony, reste à distance ! J'ai horreur des virus !

Et il éclata d'un rire bizarre.

— Tu... tu n'es pas allée chez Grand-mère ? s'étonna Adé.

Rod haussa les épaules. Grand-mère n'était plus en état de garder ses petits-enfants.

Ils se tenaient là, tous les trois, dans l'entrée. Après la fois où, en deuxième année de maternelle, Adé s'était aperçue que sa mère l'avait envoyée à l'école sans culotte sous sa jupe, c'était probablement la situation la plus abominable de sa vie. La présence de Rod, pourtant, activait ses neurones et l'inquiétait autant qu'elle la rassurait. Il fallait deviner très vite ce qui allait se passer maintenant. Existait-il l'ombre d'un espoir de s'en sortir ? Pouvait-on envisager qu'il les épargne, même quand il se serait assuré qu'elle était une fille à peu près conforme à ses exigences ? Fallait-il faire comprendre à Rod qui était Anthony ?

Sur ce dernier point, curieusement, elle n'hésita pas. Il fallait l'avertir. Parce que, de toute façon, ils allaient y passer. Anthony ne laisserait pas de témoins. Au mieux, il les séquestrerait, le temps de tuer d'autres filles. Ou bien il leur accorderait le droit de mourir différemment, pendus, brûlés vifs. « Je l'aime bien », avait-il dit de Rod. Qu'est-ce que ça pouvait signifier, dans sa logique absurde ?

Le silence se mit à peser. D'une seconde à l'autre,

il ne paraîtrait plus du tout naturel que rien ne se passe. Adé dit :

— Je veux montrer ma chambre à Anthony.

C'était grotesque. Tant pis. Mais la légère surprise que cette phrase suscita chez Rod parut le mettre en éveil. Il regarda Adé. Il avait déjà compris que ça n'allait pas du tout. Que rien n'était normal. Elle bougea un peu la main droite pour lui faire comprendre qu'elle allait lui faire passer un message, dans leur langage de signes. Ce langage-là, l'autre fou ne pouvait pas le connaître. C'était le leur. À eux seuls.

Remuant imperceptiblement les doigts, elle dessina le mot « assassin », et le répéta. Rod fit mine de se gratter le nez et sa main, en passant devant son visage, répondit : « OK. Compris. »

Et c'est à partir de cet instant que Rod devint vraiment génial.

Il se mit à faire le bébé fou. L'enfant idiot et enthousiaste, et trouva juste le ton qu'il fallait pour faire basculer ce moment dans une gaieté fébrile d'anniversaire.

— Génial ! s'enthousiasma-t-il. Génial. Est-ce que je peux te montrer mes bouquins d'éléphants ?

C'était parfait. Non seulement il venait de faire comme s'il trouvait normal que le prof de sport d'Adé monte dans la chambre d'une de ses élèves, non seulement il se comportait en insoupçonnable petit crétin, mais en plus, Adé en fut soudain certaine, il avait une idée derrière la tête. Ce qui, à bien y réfléchir, n'était pas forcément rassurant. Mais Adé ne réfléchissait plus.

Anthony répondit qu'il serait très content de voir

les bouquins d'éléphants, et gravit l'escalier à leur suite, sans retirer pour autant la main de sa poche gonflée.

Ensuite, ce fut presque agréable. Anthony visita. Il vit les livres dans la chambre d'Adé. Elle ouvrit son armoire, sous le prétexte de chercher un pull, et lui montra qu'elle ne comportait aucune tenue sexy, aucun article à la mode, mais d'austères robes, de classiques pantalons, d'informes manteaux propices à la promenade en forêt, de gentilles tenues de fille qui visite les musées avec son petit frère et ses parents. Rod sautillait, tout excité.

— Tu m'as l'air d'aller mieux ! commenta Anthony en lui ébouriffant les cheveux.

— Viens voir ma chambre !

Anthony le suivit, et fit signe à Adé de venir avec eux.

Ils feuilletèrent quelques livres. Rod montra ses posters. C'était si saugrenu que la peur semblait s'être suspendue dans l'air. Changée en quelque chose de chaud et d'un peu visqueux. Près du lit de Rod, Adé aperçut la bassine que leur mère sortait du placard, en cas de vomissements. Tout était normal.

Jusqu'à ce Rod fasse quelque chose de bizarre, qu'Adé ne comprit pas bien. Il n'arrêtait pas d'ouvrir et de fermer ses tiroirs, ses coffres. Il en sortait des objets sans intérêt qu'il offrait à l'approbation d'Anthony, qui hochait vaguement la tête. Quel était le projet du gamin ? Est-ce qu'il voulait étourdir le tueur, lui donner mal au crâne ? Ou s'emparer d'une batte de base-ball pour l'assommer ? Mais il n'y avait aucune batte, aucun objet contondant, aucun espoir.

On perdait du temps, pour gagner quelques minutes de vie supplémentaire.

C'était ce qu'Adé croyait. Mais tout à coup, elle vit Rod s'emparer d'une chose qu'elle n'eut pas le temps de discerner clairement. Un truc qu'il avait pris sur l'une de ses étagères à trophées, où s'empilaient tous les machins innommables qu'il récupérait partout, crânes de rongeurs, silex, fossiles, poteries brisées, appareils électriques démembrés, et même la dent de chameau volée chez l'intendant.

Pendant qu'Anthony se penchait sur une gravure, Rod avait réussi à passer derrière lui, à saisir l'un de ces petits objets, et à le déplacer rapidement dans le dos du tueur, dans tous les sens, comme on efface un tableau, mais sans le toucher.

Puis il avait rejeté l'objet parmi les autres, et Adé jugea plus prudent de détourner le regard pour ne pas attirer l'attention. Elle n'y comprenait rien.

Et puis ses narines s'écarquillèrent. Une odeur étrange flottait dans la pièce. Une odeur agréable mais très intense. Boisée.

Rod venait d'asperger Anthony de parfum. Elle faillit avoir la nausée, à son tour, à cause de l'odeur et de la panique qui montait. Et puis elle se rappela. L'anosmie. Anthony ne sentait rien, lui.

Elle cherchait désespérément à comprendre. Et puis elle renonça, parce qu'Anthony venait de sortir le Beretta de sa poche.

— Écoutez, les enfants, dit-il d'une voix légèrement fatiguée. Je vous adore, mais je n'ai plus vraiment le temps de m'amuser.

D'un geste autoritaire, un geste de prof de sport, il leur ordonna de se serrer l'un contre l'autre.

— Tu es un gentil garçon, Rod, vraiment. Tu ressembles à Thibault, et ça me fait de la peine que vous vous soyez trouvés dans cette histoire. Mais toutes les guerres font des victimes innocentes. (Il soupira, sincèrement peiné.) Adé, je dois reconnaître que je me suis trompé sur ton compte. J'avoue que tu m'étonnes. Finalement, tu es une victime de la méchanceté des filles, celle-là même que je dénonce. Tu es la preuve que j'ai raison. Il faut exterminer cette race. Mais tu as eu tort de jouer à ce jeu. Le jeu de la dissimulation. Tu ne t'es pas déguisée, comme Lorenzaccio, pour tuer le tyran. Tu t'es déguisée parce que tu as eu peur. Parce que tu es lâche. Tu t'es gravement compromise. Et, à ce titre, tu n'es pas moins coupable que les autres. Juste un peu plus intelligente qu'elles. Un peu plus fourbe encore.

Il regarda sa montre.

— Je voudrais tout de même accomplir une dernière visite, avant de… prendre congé de vous.

Il sourit gentiment.

— J'aimerais bien voir votre gentille petite grand-mère. Et ta garde-robe. Avoir une compréhension complète de ton cas, Adé. Un cas bien intéressant et très original. Quant à toi, Rod, tu nous accompagnes. Ne crains rien, tu ne souffriras pas longtemps. Je vais guérir ta nausée. Définitivement.

Ils redescendirent, sans essayer de discuter. Rod marchait devant, buté. Pour qui ne le connaissait pas, son visage semblait trahir une peur résignée, mais Adé y lut autre chose. Il jouait la comédie. Il y avait peut-être encore un espoir. Et la drôle d'odeur flottait toujours, comme un nuage en suspension au-dessus d'Anthony. Une odeur riche de souvenirs anciens, pour Adé. Mais quels souvenirs ?

Quelle importance ? Dans peu de temps, elle-même ne serait plus qu'un souvenir, un sourire sur le papier glacé des photos. Un prénom soupiré.

Le monstre voulait voir Grand-mère. C'était normal. L'obsession. Tout vérifier. Pas de zone d'ombre. L'illusoire lumière de la logique.

Ils sortirent. Pas de passants. Il était onze heures du matin. Si peu de temps écoulé depuis la mort de M. Arnoux. Tant d'événements. La fin du monde aurait peut-être lieu en quelques secondes. Le temps pour un doigt de se crisper sur une détente. Elle regarda la main de Rod et, à sa grande surprise, constata que son pouce et son index répétaient inlassablement le mot « éléphant ». Son tic habituel. Son obsession à lui.

Grand-mère ouvrit la porte et les fit entrer avec enthousiasme. Mais dès qu'elle vit Anthony, debout sur le sol carrelé, elle faillit s'évanouir.

— Ferdinand ! cria-t-elle.

C'était le prénom de Grand-père. Elle s'approcha de lui en tremblant.

— Tu es revenu. J'étais folle d'inquiétude.

Elle voulut lui attraper la main, mais Anthony recula, gêné.

— Alzheimer, articula Adé. Ma grand-mère est complètement folle.

Anthony la foudroya du regard.

— Je t'interdis de manquer de respect à cette dame. Ta grand-mère, ne l'oublie jamais, a enfanté dans la douleur.

— Ferdinand, répéta Grand-mère, d'une voix

douce. Je vais te préparer ton café. Viens t'asseoir. Viens te reposer.

Anthony lui sourit et lui donna le bras.

— Madame, vous faites erreur. Mais cette confusion me flatte. Je suis certain que votre époux était un homme honnête. Je suis juste venu, avec vos petits enfants, procéder chez vous à une rapide vérification. Mais nous n'allons pas vous importuner longtemps.

— Je viens avec toi, Ferdinand. Mais cette fois, je ne te quitte plus. J'ai été trop négligente.

— Parfait, madame. Accompagnez-nous.

Il se tourna vers Adé.

— Où faut-il aller ?

Elle montra l'escalier qui menait au grenier.

Peu après, Anthony contemplait les tenues d'Adé, les slims, les leggings, les hauts moulants, les ceintures étincelantes. Il secoua la tête.

— Tu ne m'as pas menti. C'est bien.

Il répéta : « C'est bien. » Grand-mère s'était assise sur un vieux sofa défoncé, et examinait son propre grenier d'un œil désapprobateur.

— Ferdinand, il va falloir penser à changer les tapisseries. Ce salon est vraiment vieillot.

Anthony se tourna vers les deux enfants, réfléchit longuement, puis prit la parole, avec gravité.

— C'est la dernière étape. Nous allons monter dans ma voiture. Je vais vous conduire quelque part et tout sera fini pour vous.

— S'il vous plaît, dit Rod d'une voix étrange. S'il vous plaît, accordez-nous au moins une faveur. Vous avez la preuve que nous sommes... différents des autres. Ma sœur n'est pas une, enfin... Vous nous devez au moins ça. Une dernière volonté.

Anthony acquiesça.

— Si tu veux me demander de ne pas faire de mal à ta grand-mère, n'aie aucune inquiétude. Je ne m'attaque pas aux femmes qui ont donné le jour. Et puis, je crois que son état de santé l'empêche de me nuire.

Grand-mère, de fait, buvait dans une vieille tasse ébréchée un thé imaginaire, en observant une araignée morte.

— Non, dit Rod. Ce n'est pas ça. Je veux mourir devant mon éléphant.

— Pardon ? dit Anthony.

— J'ai passé ma vie à essayer de comprendre ce qui est arrivé à mon grand-père. Je ne savais pas que je devais mourir aussi vite, sans avoir eu le temps. Alors s'il vous plaît, accordez-moi juste ça. Tuez-nous au zoo, dans l'enclos de l'éléphant. Je veux le regarder au moment de mourir. Peut-être que je saurai ce qu'il a ressenti. Vous comprenez ?

Anthony parut ébranlé.

— Je comprends que tu es en train de magouiller quelque chose. Je ne peux pas t'accorder ça. Vous exécuter devant tous les visiteurs, en plein jour. C'est ridicule.

— On est jeudi, objecta Rod. Le zoo est fermé. Je connais une ouverture. Vous serez tranquille, au contraire. Est-ce que vous allez nous refuser ça ? Une dernière volonté ? Vous avez peur ? Vous étiez moins lâche quand vous êtes entré dans l'enclos de l'éléphant.

Il l'insultait, maintenant. Adé sentit des tremblements lui parcourir le genou gauche. Mais Anthony resta étonnamment calme.

— Tu sais bien que je ne suis pas lâche. Inutile de me provoquer. Toi aussi, tu es courageux, petit. Et je te comprends mieux que tu ne le penses. Je sais ce que c'est, de consacrer toutes ses forces, toutes ses idées à une seule cause, que l'on juge noble, et que personne d'autre que vous ne comprend.

Il se tourna vers Adé :

— *Moby Dick*. Votre professeur de lettres a dû vous en parler, n'est-ce pas ? L'histoire d'un homme qui poursuit désespérément une baleine blanche. Et qui la poursuit jusqu'à la mort, jusqu'à la destruction. Ton petit frère est un descendant du capitaine Achab. Et moi aussi, en un sens.

La baleine blanche. Adé s'en souvenait.

Grand-mère, sur son sofa, donnait les premiers signes de l'endormissement. Sa tête dodelinait et ses lèvres butinaient le vide.

— Écoute, petit, je t'accorde cette dernière volonté. Mais si quelque chose se passe mal, si vous tentez quoi que ce soit, si vous essayez d'attirer l'attention ou si, pour une raison ou pour une autre, nous ne pouvons pas entrer dans le parc zoologique, je vous abats. Avec un peu de chance, vous quitterez ce monde sous le regard bienveillant, et avec la bénédiction de l'éléphant.

Il prit congé de Grand-mère en lui baisant la main. Elle ronflait déjà. Par précaution, il l'enferma dans le grenier, à double tour, et emporta la clé.

Anthony se gara dans une ruelle, derrière le zoo.

— C'est là, dit Rod en montrant, dans le haut grillage rouillé un barreau tordu, presque invisible dans le fouillis de branchages mal entretenus.

— Très bien, répondit Anthony. Vous passez les premiers. N'oubliez pas le flingue, dans ma poche. Je vous tiens en joue. Vous ne ferez pas trois pas si vous essayez de fuir. Allez !

Ils se faufilèrent à travers le buisson. Il était presque midi. Le grand parc vide semblait un autre monde, au-delà duquel une ville normale, un peu assoupie, s'apprêtait à déjeuner. Le vent portait des odeurs de pain frais.

Ils marchèrent jusqu'à l'enclos de l'éléphant, sans un regard pour les autres bêtes qui les virent passer d'un œil déprimé. L'éléphant paraissait absent. Peut-être se reposait-il dans son abri de tôle.

Anthony avait sorti l'arme de sa poche. Il s'en servit pour ordonner aux deux enfants de franchir la clôture. Il dut aider Adé que ses jambes commençaient à trahir. Et elle eut le fugace souvenir des cours de gym. Le contact chaleureux des bras d'Anthony, ses triomphes aux barres asymétriques. À son tour, le jeune homme les rejoignit dans l'enclos. Il tourna la tête, fit claquer sa langue.

— Et alors ? Notre ami n'est pas là ?

Mais aussitôt, quelques chocs sourds s'entendirent dans la baraque. Comme si un géant venait de s'éveiller en sursaut. Puis une trompe inquiète se faufila, bientôt suivie par son propriétaire.

— Le voilà ! commenta solennellement Anthony. La cérémonie va pouvoir commencer. Rapprochez-vous l'un de l'autre.

Il n'avait rien perdu de son autorité. Le frère et la sœur obéirent.

— Je vous laisse une minute pour vous dire un dernier mot. Je crains de ne pas pouvoir attendre très longtemps. Vous ne souffrirez pas. Je viserai la tête. Si vous le préférez, vous pouvez me tourner le dos.

Rod attrapa la main d'Adé qui éclata aussitôt en sanglots.

— Pas question, dit-il. On te regardera jusqu'au bout dans les yeux.

Il y avait tant de mépris et d'assurance, dans sa voix, qu'Adé cessa aussitôt de pleurer, et redressa la tête en reniflant. Rod lui serrait la main si fort qu'elle faillit la retirer. Puis elle se dit que cette petite douleur serait peut-être sa dernière sensation de vivante. Est-ce qu'on mourait tout de suite, avec une balle dans la tête ? Elle se souvint tout à coup d'histoires terribles de gens qui agonisaient des heures. Elle chassa comme elle put ces pensées, se concentra.

Alors, dans le silence presque parfait du zoo, à

peine troublé par le frémissement du vent dans les peupliers, l'éléphant se mit à barrir. Il avait fait quelques pas en direction d'Anthony. De grands gros pas maladroits de somnambule incrédule. Comme si la présence du jeune homme l'interloquait. Comme s'il n'en revenait pas. Quelque chose le choquait, visiblement. Était-ce l'arme ? Est-ce qu'il s'indignait du scandale d'un homme armé dans son jardin ? Conservait-il le souvenir des chasseurs d'ivoire ? Le barrissement fut si soudain et si violent qu'Anthony se crispa.

— Hé, du calme, camarade ! On se connaît ! Ton copain Rod est venu te rendre une dernière visite. Je n'ai pas pu lui refuser ça.

Il voulut tendre la main vers la trompe, qui s'agitait à quelques pas de lui, mais la bête eut un geste de recul qui ressemblait à du dégoût. Et puis, sans transition, sans sommation, il chargea.

Il se rua sur Anthony.

Rod et Adé virent cette avalanche de peau grise et bosselée, ces petits yeux exorbités, cette trompe dressée comme un poing fondre sur le tueur avec une vitesse stupéfiante, imprévisible.

Mais Anthony n'était pas homme à se laisser surprendre si facilement. Il fit un saut de côté, esquiva l'attaque, à la manière d'un matador. L'éléphant manquait de souplesse. Il lui fallut du temps pour décélérer, souffler avec colère dans la poussière du sol qui s'éleva en mini-tornade, entreprendre un demi-tour aussi vif que possible, et repartir à l'attaque.

À l'évidence, il voulait la mort d'Anthony. Celui-ci, malgré tout, perdait de son assurance. Il gardait l'arme braquée vers les enfants, sans quitter des yeux la grosse bête hors d'elle.

— Vous ne bougez pas ! hurla-t-il.

Adé, sans tourner la tête, chercha des yeux un abri possible. Il fallait se séparer de Rod. Ainsi rassemblés, ils formaient une cible beaucoup trop facile. Agir. Maintenant.

Profitant de ce que le sol tremblait de nouveau, sous les pas enragés du pachyderme, elle poussa violemment Rod vers un marronnier tordu, dont les racines noueuses se tordaient.

— Cache-toi !

Le gamin obéit, fila, disparut derrière le tronc, tandis qu'elle-même courait en zigzags, dans l'autre direction. Anthony avait maintenant trois cibles à contrôler. Et l'éléphant ne paraissait pas disposé à lui laisser le moindre répit. Adé, entendit un nouveau barrissement, long cri cuivré, interminable et, en même temps, le claquement de l'arme. Une balle fit voler des cailloux, à un mètre de son pied gauche. C'était elle qu'Anthony visait. Maniaquerie obsessionnelle. Elle fit un crochet, et décida de prendre le risque de traverser le no man's land qui la séparait de la maison de l'éléphant.

Elle tourna brièvement la tête, pour essayer de repérer Anthony, et d'anticiper le prochain coup de feu. Elle ne distingua rien, d'abord, car la course de l'éléphant avait fait s'élever des nuages de poussière noire. Puis elle aperçut la silhouette de l'homme. Il reculait lentement, le Beretta braqué sur la tête de l'éléphant qui s'apprêtait, après un autre demi-tour, à le charger de nouveau. Elle se précipita d'une traite dans la cabane puante, puis se dit que c'était une mauvaise idée. Cette baraque était un piège. Mais les murs pouvaient la protéger des balles, momentanément. Où était Rod ? Elle se hissa sur la pointe des pieds et jeta un œil par une ouverture, entre deux planches. Elle vit Anthony qui reculait toujours, l'arme braquée vers l'éléphant. Pourquoi ne tirait-il pas ? Il hésitait. Elle comprit qu'il ne savait où viser. Précision. Précision maniaque. L'œil ? Le front ? La bouche entrouverte et qui lui souriait ? Où était le point faible de cette cuirasse ? Ces balles, prévues pour la chair tendre des jouvencelles viendraient-elles à bout de ce cuir parcheminé ?

Ensuite, plusieurs mouvements se déclenchèrent simultanément, et Adé n'eut pas le temps de les analyser. Elle ne comprit qu'après coup. D'abord, l'éléphant prit de la vitesse. Il se rua de nouveau sur Anthony, avec l'intention de le broyer, de l'écraser comme un nuisible. Adé se souvint de l'araignée morte que regardait Grand-mère.

Puis le bras d'Anthony s'affermit. Il avait choisi. Dans moins d'une seconde, son index écraserait la gâchette et l'éléphant s'écroulerait à coup sûr.

Mais, exactement dans le même instant, une espèce de bestiole jaillit de derrière les racines du marronnier, fila vers Anthony et le heurta de plein fouet. C'était Rod qui, maintenant, continuait de courir vers un bosquet, en changeant constamment de direction, comme un lièvre dans un champ.

Anthony avait vacillé. Il amorça une sorte de chute lente, sans lâcher l'arme. Adé entendit le coup de feu, elle vit quelque chose comme un fruit rouge qui éclatait sur l'épaule de l'éléphant, mais la bête ne ralentit pas, au contraire. Elle se débarrassa de la douleur, d'un mouvement sec et abattit sa trompe sur Anthony qui fut projeté en arrière, mais ne lâcha pas l'arme. Ensuite, Adé ferma les yeux.

Ce qu'elle entendit alors, elle l'entendit ensuite, pendant des nuits et des nuits, au fond de ses pires cauchemars. Un concert macabre. Le barrissement de l'éléphant et, mélangé à lui, s'en détachant parfois, avec une inexplicable netteté, les cris aigus d'un homme cassé en morceaux, ponctués par les détonations de l'arme à feu.

Et puis le silence se redéposa, lentement, avec la poussière.

Quand elle ouvrit les yeux, l'éléphant gisait sur le sol, encore agité de soubresauts.

La poussière finit par se disperser peu à peu. Elle put alors comprendre qu'Anthony se trouvait sous la grande carcasse, complètement écrasé. Son bras dépassait. Il n'avait pas lâché l'arme.

— Cette fois, je crois que je vais vraiment vomir, annonça Rod.

— Vétiver : l'origine du mot n'est pas connue avec certitude. Il désigne des graminées de la famille des Poaceae, qui se divisent en plusieurs espèces du genre Chrysopogon. Une douzaine d'entre elles pousse dans les zones tropicales. La mieux connue est Chrysopogon zizanioides que l'on trouve surtout sur le sous-continent indien. On en cultive également en Afrique Australe et en Asie du Sud-Est. La plante offre de grandes houppes vertes, et les racines creusent le sol jusqu'à trois mètres de profondeur. C'est avec cette racine, distillée, que l'on produit du parfum en Europe. Mais les civilisations anciennes lui prêtaient de nombreuses propriétés, magiques pour la plupart. Elles éloignaient les insectes et les maladies, soignaient certaines fièvres, apaisaient les Dieux. Les Indiens l'appellent *khus khus* et les Chinois *xieng geng sao*.

Rod, qui avait lu d'une voix forte et claire, referma l'encyclopédie.

— Et alors ? soupira Adé. Je ne comprends toujours pas.

— Attends, reprit Rod en s'emparant d'un autre livre. Ça, c'est ce que tu lis dans les bouquins courants. Mais ce qui m'a mis la puce à l'oreille, c'est ce témoignage, que j'ai trouvé dans *Impressions d'Afrique*, le récit d'un explorateur anglais, Sir John Eichnos, à la bibliothèque municipale. Tu te rappelles ?

Il s'éclaircit la voix :

— Certaines tribus Setswana, probablement originaires du désert du Kalahari, se livrent à des sacrifices humains particulièrement cruels. Elles enduisent les victimes d'une décoction de racines de vétiver. Ce produit a la propriété de rendre les éléphants fous furieux. Ces pachydermes, très calmes la plupart du temps, dès qu'ils perçoivent l'odeur de la plante, se ruent sur les malheureux condamnés, ligotés à des poteaux, et les mettent en pièces. J'ignore encore si ces mises à mort constituent un rituel religieux, ou si elles servent à châtier les criminels.

Rod referma le livre.

— Tu comprends, maintenant ? Quand j'ai lu ça, j'ai cherché dans les affaires de Grand-père pour voir s'il n'utilisait pas un parfum à base de vétiver. Et j'en ai trouvé, effectivement. Un flacon à moitié plein. Je l'ai testé une première fois, sur moi. Je suis allé voir l'éléphant, et ça l'a effectivement rendu furieux. Ensuite, quand Anthony est venu dans ma chambre, je l'en ai aspergé. Tu m'avais dit qu'il ne sentait rien. Après, j'ai tenté le coup, en demandant à être exécuté en présence de l'éléphant. C'était jouable, avec un taré pareil.

Il sourit.

Adé frissonna. Pour Rod, la chose paraissait extraordinairement simple. L'aboutissement naturel d'une longue, lente et patiente réflexion sur les éléphants, qui venait de mettre un terme à la carrière d'un tueur de petites filles. C'était sans doute logique.

Thibault secoua la tête : « Je n'en reviens pas. »

Il était encore très pâle, allongé sur son lit, amaigri, et heureux.

On commençait à avoir vraiment chaud, dans la chambre de l'hôpital. Il y avait trop de monde. Rod avait tenu à attendre que Thibault soit définitivement hors de danger pour fournir au monde les explications qu'il attendait.

Si bien que se pressaient au chevet de Thibault, en plus d'Adé et de Rod, M. Picard, le couple de domestiques Edmond et Marcelline, le commissaire Gicquiaud et le lieutenant Bourdin.

Et aussi, l'ombre bienveillante de M. Arnoux, qui aurait certainement trouvé, pour finir cette histoire, une belle phrase pleine de sagesse et de malice.

À défaut, ce fut Bourdin qui prit la parole, pour annoncer qu'on allait certainement pouvoir empailler l'éléphant. La peau n'était pas trop abîmée. La ville l'exposerait dans le hall du musée, en souvenir. Les éléphants, c'est leur affaire. La mémoire.

Édité par Librairie Générale Française – LPJ
Hachette Livre, 43 quai de Grenelle, 75905 Paris Cedex 15

Composition PCA – 44400 Rezé

Achevé d'imprimer en Espagne par BLACK PRINT CPI IBERICA
Dépôt légal 1re publication : mai 2013
32.0070.6/01 – ISBN : 978-2-01-320070-7
Loi n° 49-956 du 16 juillet 1949 sur les publications destinées à la jeunesse
Dépôt légal : mai 2013